KB036567

드라마 속 대사 한마디가
가슴을 후벼팔 때가 있다

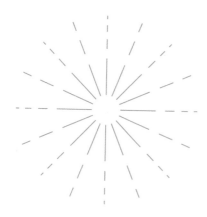

일러두기

이 책의 외래어 표기는 국립국어원의 외래어표기법을 따랐습니다.
본문에서 단행본 도서는 《 》로, 드라마 및 영화는 〈 〉로 표시했습니다.

드라마 속 대사 한마디가
가슴을 후벼팔 때가 있다

정덕현 씀

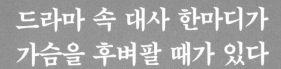

대사 한마디가 가슴을 후벼팔 때

"어제 그거 봤어?"

아침에 모이면 우리는 전날 봤던 드라마 이야기를 하곤 한다. 커피를 한 잔 마시며 〈동백꽃 필 무렵〉의 '까불이'가 도대체 누구일까를 놓고 설전을 벌이고, 〈낭만닥터 김사부〉가 던지는 시원시원한 사이다 같은 대사에 대해 이야기한다. 〈응답하라 1988〉에서 덕선^{혜리}의 남편이 누구냐를 두고 '어남택(어차피 남편은 박보검)'이다, '어남류(어차피 남편은 류준열)'다 침을 튀겨가며 설전을 벌이고, 드라마 같은 걸 왜 보는지 모르겠다던 사람이 〈나의 아저씨〉에 빠져 눈물을 펑펑 쏟았다고 고백하기도 한다.

드라마 이야기가 뭐 대수로울 건 없다. 그건 말 그대로 드라마 이야기니까. 지극히 통속적이고 세속적인 이야기들이 대부분이다. 깊이 있는 인생의 통찰을 담은 드라마도 적지 않지만 그런 드라마들보다 좀 더 통속적인 드라마들이 주로 화제에 오른다. 아침부터 만나 심각한 토론을 할 것도 아니고, 괜스레 무거운 이야기를 꺼낼 것도 아니니 우리는 좀 더 편하게 느껴지는 드라마들을 대화의 도마 위에 올린다.

그런데 잘 들어보면 그건 드라마 이야기면서 동시에 자신들의 이야기다. 〈동백꽃 필 무렵〉을 이야기하며 동백이 행복해지기를 바라는 마음을 꺼내놓는 건, 동백을 남 일처럼 여기지 않는 마음의 발로다. 지금은 아직 자신의 삶이 꽃피지 않아 그 진가를 알아봐 주는 이 없지만 자신도 언젠가는 꽃이 피기를 기대하고, 어쩌면 지금이 '필 무렵'일지도 모른다고 생각하며 동백을 응원한다. 〈응답하라 1988〉의 '어남택'이냐 '어남류'냐를 통해 자신의 취향을 드러내고, 〈나의 아저씨〉에 울컥했다는 이야기를 하며 은근히 자신 또한 그런 퇴근 후의 짠한 저녁을 맞이하는 직장인이라는 사실을 드러낸다.

이른바 쿨한 게 미덕이 된 시대에 자신의 속내를 누군가에게 드러내는 일은 점점 쉽지 않은 일이 되고 있나. 게다가 속내를 함부로 밖으로 드러내는 일은 친한 사이라고 해도 부담이 되는 일이다. 그래서 가깝다고 여기는 동료나 친구, 심지어 가족이나 연인 사이라도 각자가 겪는 어떤 아픔이나 고통은 물론이고 기쁨이나 즐거움에 대해서조차 잘 모르는 경우가 적지 않다. 그럴 때 우리는 드라마 이야기를 한다. 그러다 보면 직접 얘기하지 않아도 그가 어떤 사람이고 현재 마음이 어떤 상태인지를 가늠할 수 있다.

무심하게 살아가다 어느 날 문득 마주하게 된 드라마 속 평범하디 평범한 대사 한마디가 비수처럼 날아와 가슴을 후벼팔 때가 있다. 그래서 다 큰 어른이 목놓아 꺼이꺼이 눈물을 흘리고, 혹은 괜스레 기분이 좋아져 빙긋빙긋 웃고 있는 자신을 발견하게 되기도 한다. 그럴 때 우리는 자신도 모르는 사이에 자기가 처한 어떤 현실을 이겨내게 해주는 삶의 드링크를 마시고 있는 것이다. 별것 아닌 것 같지만, 그게 있어 당장을 버텨낼 수 있는.
그러니 가끔 힘겨운 날에는 현실의 전등을 잠시 꺼두고 드라마가 그려내는 꿈속을 여행해도 좋을 것이다. 그

여행에서 어쩌면 현실의 어려움을 이겨낼 수 있는 슬기로
움과 위로를 얻을 수 있을 테니. 드라마에 담긴 저마다의
삶은 쉽지 않지만, 모쪼록 우리의 삶은 드라마틱한 해피엔
딩이기를.

정덕현

Part 1.

Part 2.

Part 3.

Part 4.

Part 5.

가끔 세상을 떠난 친구를 떠올릴 때마다 가장 좋았던 기억들은 의외로 대단할 것 없는 것들이다. 함께 목욕탕에 가고, 맛있는 음식을 먹고, 제주도로 놀러 갔던 그런 기억들이 대부분이다. 대단한 일이 아닌데도 우리의 기억들이 오래도록 머릿속에 남겨두는 걸 보면 그것이 어쩌면 우리네 삶에서 진짜 대단한 일이 아닐까 생각하게 된다. 시간을 되돌릴 수 있다면 친구와 다시 하고픈 일들이 바로 그런 일일 정도로.

Part 1.

"망가져도 행복할 수 있다. 안심이 됐어요."

- ⟨나의 아저씨⟩

엉망진창으로 망가져도 괜찮아

오래된 가게는 오래됐다는 사실만으로 우리를 안심시킨다. 삼십 년, 사십 년, 심지어 오십 년씩 된 가게는 이렇게 말해주는 것만 같다.

> "그래, 결국은 다 버텨낼 수 있어. 당장 죽을 것처럼 힘들어도 그건 언젠가 지나갈 거야. 치유될 수 없을 것 같던 깊은 상처도 결국 아물 것이고, 그건 삶의 훈장처럼 훗날 우리를 즐겁게 해줄 추억담이 될 거야. 벽면 가득 수많은 사람이 남겨놓은 낙서처럼."

〈나의 아저씨〉를 보면서 정희네 선술집에 가장 가슴 설레었던 건 조금 낡고 오래된 분위기 때문이었다. 지런 선술집이 집 근처에 있으면 얼마나 좋을까? 퇴근길에 잠시 들러 술기운에 하루의 피로를 날려버릴 수 있는 그런 선술집. 잘 차려입고 위스키 언더 락을 홀짝이는 호텔 바에서는 결코 느낄 수 없는 사람 냄새 가득한 곳. 그런 곳에서는 처음 만나는 사람과도 왠지 소주잔을 부딪칠 수 있을 것 같다.

낡은 선술집을 찾는 이들은 술집과 닮아 있다. 적당히 나이들었고, 여러 차례 삶의 아픔을 겪었으며, 꼭대기를 향해 올라가거나 그 위에 있기보다는 내려오는 중이거나 아래 있는 이들이다. 은행부행장까지 했던 아저씨가 지금은 모텔에 수건 대는 일을 하고 있고, 한때는 자동차연구소 소장이었던 아저씨는 미꾸라지 수입을 하고 있으며, 제약회사 이사였다가 백수가 된 이도 있다. 술을 퍼먹다 토해내도 누군가가 받아주었을 영화감독이 이제는 누군가의 토사물을 청소하는 일을 하게 되기도 한다.

선술집도 한때는 모든 게 반짝반짝 했던 시절이 있었을 게다. 벽도 깨끗했고 테이블도 상처 하나 없이 말끔했을 게다. 하지만 지금은 깨끗했던 벽 가득 낙서가 채워져 있고, 테이블에는 여기저기 냄비에 태워진 자국들이 생채기처럼 남아 있다. 그래서 더더욱 안심이 된다. 조금 망가지거나 낡아도 괜찮고, 달리 보면 그게 더 멋있게 보이기도 하니까.

한때 영화감독이었으나 지금은 청소 일을 하고 있는 기훈^{송새벽}은 일이 끝나면 형과 정희네 선술집에서 술을 마신다. 그런데 언젠가부터 그 옆자리에 배우 유라^{권나라}가 앉아 있다. 기훈은 감독이었을 당시 연기 못한다며 그토록 유라를 타박했었다. 그러니 유라가 졸졸 따라다니는 이유가 자신을 괴롭히려는 거라고 기훈은 생각한다.

참다못한 기훈이 "왜 이렇게 따라다니냐?"고 호통을 친다. 그러자 의외의 대답이 나온다. "망가진 게 좋아요." 기훈은 생각한다. 유라의 말은 이 선술집 풍경이 그러하듯이 '나보다 못한 인간이 있다'는 걸 좋아한다는 의미일 거라고.

하지만 유라는 그런 뜻이 아니라며 정색한다. 그리고 진심을 담아 이곳을 찾는 분들을 "존경한다"고 말한다.

"인간은요, 평생을 망가질까 봐 두려워하며 살아요. 전 그랬던 거 같아요. 처음엔 감독님이 망해서 정말 좋았

는데, 망한 감독님이 아무렇지 않아 보여서 그게 더 좋
았어요. 밍해도 괜찮은 기구나. 아무것도 아니었구나.
망가져도 행복할 수 있구나. 안심이 됐어요. 이 동네도
망가진 거 같고 사람들도 다 망가진 거 같은데 전혀 불
행해 보이지 않아요. 절대로. 그래서 좋아요. 날 안심시
켜줘서.”

어린 시절에 나는 갯벌에 들어가기를 꺼렸다. 온몸에
시커먼 진흙이 묻는데 좋을 리 없었다. 게다가 갯벌 속에
서 작은 게들이 나왔다 들어가고, 여럿 다리가 칭칭 감아
매는 낙지도 징그럽기만 했다. 눈에 안 보여도 바글바글
벌레들이 잔뜩 있을 것만 같았다. 갯벌의 진창이 뭐가 좋
은지 온몸에 펄을 처 바르고 즐겁게 뛰어노는 어른들이 이
상해 보였다. 손에 흙 묻는 걸 싫어하는 아이에게 갯벌은
자신을 망가뜨릴 무서운 존재처럼 다가왔다.
　그런데 아버지가 그런 나를 번쩍 들어 갯벌 속에 빠뜨
리고 얼굴과 온몸을 펄로 칠해버리자 걱정했던 마음이 순
식간에 풀려버렸다. 애써 지키려던 무언가를 내려놓자 그
곳은 즐거운 놀이터가 되었다. 아버지는 그렇게 갯벌에
서 뒹굴며 노는 놀이를 ‘엉망진창 놀이’라고 불렀다. 때론

"엉망진창으로 망가져도 괜찮아"라고 아버지의 미소는 말하고 있었다.

나이 들어가는 건 마치 망가져가는 것만 같다. 괴로운 일, 힘든 일을 많이 겪다보니 몸도 마음도 너덜너덜해졌다. 가만히 있어도 자꾸만 망가져가는 것 같아 얼굴에 영양크림을 바르고 머리를 염색하고 젊은 세대들의 문화를 기웃거린다. 하지만 그렇다고 되돌아가지는 않는다. 그럴 때마다 나는 갯벌을 떠올린다. 조금 망가져도 괜찮다고, 그것도 즐거울 수 있다고. 적어도 누군가 찾아왔을 때 안심이 되는 정도의 적당한 망가짐은 '멋'일 수 있다고.〈나의 아저씨〉의 그 오래된 선술집처럼.

아—아 여기서는
좀 울어도돼
괜찮아

"나 때문에 감방 가고 나 때문에 퇴학당하고 나 때문에 너희 아빠가 죽었다고 생각하는 거지? 어? 아, 근데 말이야. 네 생각이 맞아. 중졸에 전과자에 고아인 나 때문에 인생 엿된 불쌍한 박새로이."

"구 년. 지금껏 잘 참았어. 앞으로 육 년은 더 참을 거야. 네놈 공소시효. 내 계획은 십오 년짜리니까."

- 〈이태원 클라쓰〉

계획과 무계획

하루에도 대여섯 번씩 인터넷뱅킹에 들어가 잔액을 확인
했다. 원고료가 들어왔는지 확인하기 위해서였다. 본격적
으로 글을 써서 먹고살겠다 마음먹었지만 마음은 늘 불안
했다. 아내가 직장에 나가 안정적인 수입을 벌고 있었고,
그러니 내게 마음놓고 쓰고 싶은 글을 쓰라고 했지만 나는
그럴 수 없었다.

　월마다 돌아오는 카드 값과 은행 대출금에 허덕이며
한 달 벌어 겨우 한 달 살아가는 처지에 무슨 염치로 마음
놓고 쓰고 싶은 글을 쓰고 있단 말인가.

　잡지사 편집장을 하며 글을 쓴 경험을 살려 몇몇 사보

에 정기적으로 원고를 쓰고 있고, 보험회사에 판촉용으로 들어가는 삽지를 원고부터 디자인까지 해주는 대가로 월수입을 벌었다. 하지만 프리랜서의 일이란 일한 만큼 대가를 받지 못할 때가 많다. 보험회사 판촉용 잡지를 내던 회사는 한 달만 봐 달라며 몇 달을 끌다가 결국 문을 닫아버렸다. 전화도 끊어버리고 회사도 문을 닫아서 물어물어 사장님 집까지 찾아가 사정했지만 돌아온 건 "미안하다"는 말뿐이었다. '여기서 번 얼마로 이걸 채우고……' 하는 그런 계획들은 속수무책으로 무산되었다.

사실 계획이라는 건 하루하루 먹고살기 급급한 사람들에게 오히려 좌절감만 안겨주는 것이었다. 봉준호 감독의 〈기생충〉에서 기택^{송강호}이 아들에게 한 대사에 나는 고개가 끄덕여질 수밖에 없었다.

> "가장 완벽한 계획이 뭔지 알아? 무계획이야. 계획을 하면 모든 계획이 다 계획대로 되지 않는 게 인생이거든."

어떤 일들은 전혀 계획 없이 벌어져 삶을 바꿔놓기도 한다. 나에게는 대중문화 관련 칼럼을 쓰는 지금의 일을 하게 된 과정이 그랬다. 어느 날 동창회에 갔다가 집으로 돌아가는 길에 친구가 인터넷매체를 시작하게 됐다며 내게 글 한번 써보겠냐고 물어본 게 시작이었다. 그렇게 써준 원고가 계기가 되어 일주일에 한 편에서 두 편으로 늘어나고, 나중에는 하루에 한 편씩 쓰게 되면서 나는 '칼럼니스트'라는 새로운 직업을 갖게 되었다. 기택의 말대로 가장 완벽한 계획은 무계획이었다.

한 달 벌어 한 달 살아가던 나는 여행사를 하는 친구의 제안으로 친구 몇 명과 제주도로 여행을 간 적이 있다. 즉흥적으로 술자리에서 나온 이야기가 곧바로 여행으로 이어진 것이었다. 따로 계획을 짜지 않았지만 우리 머릿속에는 어느 정도의 계획이 들어 있었다. 음식을 즐기는 우리들은 여행 내내 횟집, 고등어구이집, 제주도 흑돼지집을 찾아다니며 먹거리 여행을 했다. 이 여행은 오래도록 우리에게 긴 여운으로 남았다.

그 후로 우리는 만날 때마다 또 여행을 가자고 계획을 세웠다. 그러나 생업이 바빠져 지금껏 계획을 실행에 옮기지 못하고 있다. 그럼에도 우리는 만날 때마다 여행 계획을 세운다. 심지어 통장까지 개설해 매달 오만 원씩 자동이체하는 것으로 여행 자금을 모으고 있다. 이렇게 모은 돈으로 과연 여행을 갈 수 있을지는 우리 누구도 장담하지 못하지만. 심지어 그사이 그때 함께 여행했던 친구 중 한 명은 어느 날 갑자기 저세상으로 떠나버렸다.

〈이태원 클라쓰〉에서 박새로이[박서준]가 복수를 위해 '십오 년의 계획'을 세우고 하나하나 실천해가는 이야기는 그것이 실제로는 실행하기 어려운 일이라는 걸 알기에 더 드라마틱해 보였다. 드라마에서도 박새로이의 계획은 늘 깨지고 흔들리고 무너지곤 했다. 다만 포기하지 않았기 때문에 계속 이어졌을 뿐이다.

계획대로 살아가는 삶이 얼마나 될까? 드물게 그런 삶이 있다 해도 그리 재밌는 삶은 아닐 게다. 예상외의 변수가 생기고 그래서 엉뚱한 길로 가게 돼서야 비로소 여행의 참맛을 보게 되듯이 말이다.

그렇다고 삶이 계획대로 되지 않는다 해서 무계획으로 사는 건 재밌는 일일까? 계획을 벗어난 일들은 계획을 전제로 해야 벌어질 수 있는 일들이다. 그래서 나와 친구들은 지치지도 않고 매번 계획을 세운다. 그렇게 계획을 세우는 것이 계획이 없는 것보다 우리를 기분 좋게 해주기 때문이다.

"사는 게 그런 건가. 좋았던 시간의 기억 약간을 가지고 힘들 수밖에 없는 대부분의 시간을 버티는 것. 조금 비관적이긴 하지만 혹독하네."

"혹독하다. 그건 부정할 수 없지만 좋은 시간 약간을 만들고 있는 지금이 난 너무 좋아. 이렇게 너네랑 수다 떠는 거, 그것만으로도 참 좋아."

"이제 겨우 서른인데, 감성타고 지난 시간 돌아보지 말자. 귀찮아. 마흔 살 돼서 돌아볼래. 좀 그래도 되잖아. 과거를 돌아보지 말고, 미래를 걱정하지 말고, 우리 당장의 위기에 집중하자."

"어떤 위기?"

"라면이 먹고 싶어."

- 〈멜로가 체질〉

과거를 돌아보지 말고,
미래를 걱정하지 말고

가끔 서소문에 가게 될 때마다 나의 시선은 본능적으로 한 곳으로 끌린다. 서대문구 미근동 215번지. 1972년에 지어져 벌써 사십칠 년이나 된 오래된 아파트. 주변은 모두 말끔히 철거되어 새 빌딩들이 들어섰지만 그곳만은 옛 모습 그대로 남아 있는 서소문아파트. 그건 마치 나의 초등학교 시절 기억의 구조물처럼 거기 서 있다. 나는 초등학교 시절 그곳 칠층에서 살았다. 십층 건물이지만 엘리베이터도 없어 걸어서 오르내려야 했던 한 동짜리 아파트다.

그곳에 살던 시절을 떠올릴 때 가장 강렬하게 다가오는 건 창문을 열면 훅 끼쳐 들어오던 돼지냄새다. 지금은 빌딩이 세워진 아파트 앞쪽 자리에 과거에는 돼지머리 수육을 파는 가게들이 쭉 늘어서 있었다. 학교에서 집으로 가느라 그 골목을 지나칠 때마다 잘린 돼지머리들이 나를 쳐다봤다. 바로 옆에는 철길이 있어 새벽마다 기차 소리에 아침잠을 설치곤 했다. 나는 그때 서울이라는 거창한 곳에서 내가 사는 곳이 어떤 부분인지 실감했다.

객관적으로 생각해보면 그런 환경에서 살아가는 동안 좋은 기억이 있을까 싶지만, 당시를 생각하면 의외로 좋았던 기억들이 먼저 떠오른다. 물론 그 높은 곳을 힘들게 계단으로 오르내리고, 들끓는 쥐들 때문에 골목을 지날 때마다 깜짝깜짝 놀라고, 가끔 옥상에서 벌어지던 폭력 사건들에 움츠린 어두운 기억들이 대부분이지만, 기억의 왜곡 때문인지 이상하게도 그런 일들보다 아주 간간히 있었던 좋았던 기억들이 더 강렬하게 남아 있다.

〈멜로가 체질〉에서 남자친구의 죽음으로 자살 시도까지 하게 된 은정전여빈을 보호한다는 핑계로 그 집에 얹혀살게 된 친구 진주천우희와 한주한지은가 술을 마시며 나누는 대화의 한 대목은 내게 그 서소문아파트의 기억을 떠올리게 했다. "사는 게 그런 건가. 좋았던 시간의 기억 약간을 가지고 힘들 수밖에 없는 대부분의 시간을 버티는 것?"

시골집이 화재를 입어 부모님이 서울에 오지 못해 쌀과 라면까지 다 떨어진 적이 있었다. 그때 형은 무슨 자신감인지 걱정하지 말라며 중국집에서 짜장면이며 만두를 계속 시켜먹었다. 칠층까지 올라와 짜장면을 꺼내놓은 배달부에게 형은 외출한 어머니가 오시면 드리겠다며 외상을 달았다. 그렇게 몇 끼는 가능했지만 점점 외상이 늘어나자 중국집에서도 불안했던 모양인지 음식 값을 달라고 독촉하기 시작했다. 결국 우리는 문을 꼭 잠그고 배달부가 와서 문을 두드려도 열어주지 않고 버텼다. 나중에는 배달부가 아파트 밑에서 창문에 불이 켜져 있는지를 살피기 시작했다. 칠층 높이를 계속 오르락내리락 하는 게 힘들어서였다.

우리는 밤이 되면 불을 끄고 커튼을 친 채 사람이 없는 척을 했다. 무섭고 불안하기도 했지만 왠지 그건 놀이 같은 아슬아슬함으로 우리를 웃게 했다. 간간히 있었던 등화관제(적의 야간 공습을 대비하여 일정한 지역에서 등불을 모두 끄게 하는 일) 훈련에서 느껴지던 그런 긴장감이 지금도 기억에 선연하다. 돌이켜보면 그런 '약간의 좋았던 기억'들이 쉽지 않은 삶을 버텨내게 해주었던 것 같다.

돼지냄새가 밀려들어오는 아파트 창문을 열고 밑을 내

려다보면 다닥다닥 붙어 있는 집들 지붕에 별의별 희한한 물건들이 떨어져 있는 게 보였다. 결코 지붕에 올라가 있지 않아야 될 신발이라던가, 장난감이라던가, 때로는 누군가 던져 깨진 소주병까지……. 그곳의 물건들은 누가 봐도 이 아파트에 사는 사람들이 던진 것이었다. 물건의 종류에 따라 그걸 던진 사람들의 감정과 생각들이 읽혀졌다. 그중에서 가장 많이 보인 건 누군가 접어 날린 각양각색의 종이비행기였다. 나도 가끔씩 접어 날렸던 종이비행기들. 그 잠깐의 비행이 주는 즐거움과 자유로움을 던진 이들은 기억하고 있을 테지.

"어머님은 살면서 언제가 제일 행복하셨어요?"

"대단한 날은 아니구. 나는 그냥 그런 날이 행복했어요. 온 동네에 다 밥 짓는 냄새가 나면 나도 솥에 밥을 안쳐놓고 그때 막 아장아장 걷기 시작했던 우리 아들 손을 잡고 마당으로 나가요. 그럼 그때 저 멀리서 부터 노을이 져요. 그때가 제일 행복했어요, 그때가."

- 〈눈이 부시게〉

대단하지 않은 날들의 대단함

가장 친했던 친구가 백혈병으로 황망하게 떠난 지 일여 년
이 되었을 때 친구의 누님으로부터 전화가 왔다. 친구의
생일을 맞아 영상추모제를 한다는 거였다. 일 년이 지났어
도 친구들끼리 만나면 늘 그 친구의 술잔까지 마련해서 채
워주곤 했을 정도로 우리는 여전히 그의 부재를 받아들이
지 못하고 있었다.

추모제라는 명칭이 우리네 평범한 사람들에게는 다소
거창하게 느껴진다고 생각하며 행사장인 명동성당 꼬스
트홀을 찾았다. 몇백 명은 족히 앉을 수 있는 넓은 공간은
텅 비어 있었고, 가족과 우리 친구들 몇 명만이 그 넓은 자

리를 차지하고 앉았다.

　사실 추모제라고 해서 그다지 큰 기대는 하지 않았다. 그런데 막상 누나가 편집해서 만들었다는 동영상이 친구의 생전 모습을 비추자 우리는 자못 진지해졌다. 아이 돌잡이를 하는 영상 등에서 친구는 평소 모습대로 웃고 얘기하고 있었다. 동영상이 갑자기 뚝 끊어지듯 꺼지고 이어진 영상은 무덤가에서 오열하고 계신 어머님의 사진이었다. 다음은 병원에 있을 때 마지막으로 찍은 사진(그 친구는 백혈병이 갑자기 재발했다)이었다.

　점점 마음이 뭉클해졌다. 이어지는 사진들은 마지막으로 떠났을 것이라 보이는 가족의 여행사진이었다. 그곳에서 친구는 아장아장 걷는 아들을 대견스레 바라보고 있었다.

　이후 백여 장이 넘는 사진이 이어졌는데, 그것은 마치 〈벤자민 버튼의 시간은 거꾸로 간다〉라는 영화를 떠올리게 했다. 알비노니의 '아다지오'가 장중하게 흘러나오는 가운데 시간의 역순으로 사진이 떠올랐고, 그 사진 속에서 친구는 점점 젊어지고 있었다. 대학시절의 푸르렀던 청춘의 얼굴과, 아마도 그때 사귀었던 여자친구들과, 우리 친구들의 모습도 모두 담겨 있었다.

　우리는 조금 숙연해졌다. 한 사람의 인생을 한순간에

목도한 듯한 느낌이었고, 뭔가 신비한 우리네 삶의 진짜 모습을 발견한 기분이었다. 흑백사진 속에서, 초점이 맞지 않은 사진 속에서, 눈을 감아버린 사진 속에서 그 시간들은 여전히 붙박여 있었다.

후반부로 가면서 친구는 아기가 되어갔다. 아장아장 걷기 시작하는 아기의 모습에 아버지 없는 세상에서 살아가고 있을 아들의 얼굴이 오버랩되었다. 그 친구의 아들은 영락없이 그 친구가 어렸을 적 얼굴 그대로였다. 문득 시간은 한 사람 안에서는 무자비하게 앞으로만 흘러가지만, 가족이라는 테두리에서는 그렇게 무한회귀하고 있다는 생각이 들었다.

그 일이 있은 지 벌써 십여 년이 흘렀다. 〈눈이 부시게〉라는 드라마를 보다 문득 그날의 숙연했던 마음이 떠올랐다. 시간을 되돌릴 수 있는 시계라는 판타지 장치가 그랬다. 드라마 속에서 혜자^{한지민}는 어느 바닷가 모래사장에서 시간을 되돌리는 시계를 발견하게 되고, 시간을 되돌릴 때에는 그만한 대가가 따른다는 걸 알게 된다. 더 빠른 속도로 노화해버리는 대가.

그래서 고이 서랍 속에 넣어뒀지만, 아버지가 갑작스런 사고로 죽게 되자 혜자는 시계를 이용해 계속해서 시간을 되돌려 아버지를 살리려 한다. 결국 가까스로 아버지를 되살리는 데 성공하지만 혜자는 그 대가로 할머니가 되어 버린다. 스물다섯의 나이에 칠순의 몸을 갖게 된 것. 하지만 이건 모두 칠순의 몸으로 알츠하이머를 갖게 된 혜자의 상상이었다.

안타까운 과거를 되돌리고픈 마음은 아마도 모든 인간이 갖는 회한이 아닐까 싶다. 그건 가까운 이의 죽음 같은 특별한 아픔을 겪지 않았다고 해도 마찬가지다. 나이들어가면서 과거에 대한 저마다의 회한을 갖기 마련이다. 그래서 우리는 기억이라는 장치를 활용한다. 이미 지나가버려 더 이상 내 앞에 존재하지 않는 것들을 기억을 통해 가져오려 한다.

〈눈이 부시게〉에서 혜자는 어린 아들이 사고로 다리를 잃게 된 충격적인 사건에 대한 회한을 '기억의 왜곡'을 통해 되돌리고 싶어 한다. 그래서 그의 알츠하이머는 그를 가장 행복했던 기억의 시간 속에 살게 해준다.

"어머님은 살면서 언제가 제일 행복하셨어요?" 자신을 알아보지 못하는 어머니에게 아들이 묻는다. 어머니는 말한다. "대단한 날은 아니구. 나는 그냥 그런 날이 행복했어요. 온 동네에 다 밥 짓는 냄새가 나면 나도 솥에 밥을 안쳐놓고 그때 막 아장아장 걷기 시작했던 우리 아들 손을 잡고 마당으로 나가요. 그럼 그때 저 멀리서부터 노을이 져요. 그때가 제일 행복했어요, 그때가."

아마도 삶의 행복한 기억들이란 사진 한 장에 담겨진 일상의 순간들이 아닐까?

가끔 세상을 떠난 친구를 떠올릴 때마다 가장 좋았던 기억들은 의외로 대단할 것 없는 것들이다. 함께 목욕탕에 가고, 맛있는 음식을 먹고, 제주도로 놀러 갔던 그런 기억들이 대부분이다. 대단한 일이 아닌데도 우리의 기억들이 오래도록 머릿속에 남겨두는 걸 보면 그것이 어쩌면 우리네 삶에서 진짜 대단한 일이 아닐까 생각하게 된다. 시간을 되돌릴 수 있다면 친구와 다시 하고픈 일들이 바로 그런 일일 정도로.

어머님은 살면서
언제가 제일 행복하셨어요?

나는 그냥 그런 날이 행복했어요
온동네에 다 밥짓는 냄새가 나면
나도 솥에 밥을 안쳐놓고
그때 막 걷기 시작하던 우리 아들 손을 잡고 마당으로 나가요
그럼 그때 저 멀리서부터 노을이지요
그때가 제일 행복했어요
그때가

"오늘 죽은 우리 별동대원 이름이…… 동록개요, 동록개. 동네 개새끼. 사람한테 붙일 이름 아니재. 개돼지도 그리 부르면 안 되고. 근데 우덜 사는 세상이 그랬지 않소. 사람 위에 사람 있고 사람 밑에 사람 있어, 개돼지나 다름 없었잖여.

그래서 우리가 싸웠잖애. 죽자고 싸워 만들었잖애. 백정도 접장, 양반도 접장, 하…… 나 같은 얼자 놈도 접장. 대궐 잘나빠진 임금도 접장! 해산을 혀서 목숨은 부지할지 몰라도 더 이상 접장은 아니겄제. 양반 있던 자리에 왜놈이 올라타갔구 다시…… 다시 개돼지로 살아야겄재. 그래서 난 싸울라고.

그래서 난 싸울라고. 겨우 몇 달이었지만…… 사람을 동등하니 대접하는 세상 속에 살다본 게 아따 기깔라갔꼬 다른 세상에서 못 살 것드랑께. 그래서 나는 싸운다고. 찰나를 살아도 사람처럼 살다가 사람처럼 죽는다 이 말이여."

- 〈녹두꽃〉

찰나를 살아도 사람처럼 살다가

김금철 씨는 '이름표 달인'으로 불렸다. 방송에도 소개된 이 달인은 무려 사십일 년이나 시장 한편의 작은 가게에서 이름표를 달았다. 요즘처럼 컴퓨터에 이름을 치기만 하면 기계가 척척 자수를 해주는 시대에 낡은 재봉틀을 돌려가며 이름을 새기는 그가 달인이라 불리는 이유는 살짝만 빗나가도 손가락을 찔릴 것 같은 재봉 기술을 갖고 있어서다. 7,80년대 교복을 입었던 세대나 군복에 이름표를 재봉으로 박아 넣었던 기억을 갖고 있는 세대라면 옛 이름표에 대한 향수 같은 게 있을 게다. 작은 천 조각 위에 재봉으로 자기 이름이 새겨질 때 가졌던 독특한 느낌에 대한 아련한 추억이.

　요즘 같은 세상에 누기 이름을 새기거나 이름표를 달까 싶었는데 김금철 씨가 여전히 그 시장 한 구석에서 일을 하고 있어서일까? 적지 않은 동네 손님들이 그 곳을 찾았다. 그래서 그 동네를 둘러보니 곳곳에서 김금철 씨의 손길이 닿은 이름들을 발견할 수 있었다. 식당을 운영하는 한 아주머니는 자신의 이름이 곱게 새겨진 앞치마를 입고 있었다. 누군가의 모자에도, 운동복에도, 손수건에도 김금철 씨가 새긴 이름이 있었다.

　그렇게 자기 이름이 새겨진 물건을 갖고 있는 이들은 마음도 다를 것이었다. 조금 닳아버리면 버리고 새로 사서 쓰는 게 요즘의 일상이지만, 자기 이름이 새겨진 건 버리기가 쉽지 않을 게다. 실제로 식당 아주머니가 입고 있는 이름이 새겨진 앞치마는 척 보기에도 잘 관리된 흔적이 역력했다. 방송에 나온 김금철 씨 이야기를 보면서 나는 새삼 요즘 들어 이름의 가치가 예전 같지 않다는 생각이 들었다.

　아주 어렸을 때는 어머니가 학교 운동복에 바느질로 이름을 새겨주시곤 했다. 옷이 다 똑같이 생겼으니 혹여나 잃어버리는 걸 방지하기 위함이었다. 이름을 적거나 새기는 건 그 물건의 소유자가 나라는 걸 증명하기 위해서지만, 그렇게 새겨진 이름은 나와 물건 사이에 좀 더 깊은 애착 같은 걸 만들었다. 그래서 꽤 많은 곳에 이름을 적었던 걸로 기억한다. 공책, 지우개, 가방 같은 학용품은 물론이고 심지어 책상에 이름을 새겨넣기도 했으니까.

내가 어렸을 때는 대부분의 집 대문에 문패가 붙어 있었다. 이제는 아파트살이가 일반화되면서 이름이 새겨진 문패는 단독주택 단지에나 가야 볼 수 있게 됐다. 물론 값비싼 만년필 같은 물건에 이름을 새기는 '각인'이 하나의 트렌드처럼 되었지만, 상대적으로 흔하거나 값싼 물건들에는 더 이상 이름을 새기지 않게 되었다. 여러모로 물건이 많아지다 보니 소모되는 것들은 그저 교체될 뿐 더 이상의 의미는 부여되지 않는 게 우리가 사는 모습이다.

〈녹두꽃〉에서 백이강조정석은 첩의 자식으로 태어나 호부호형을 못하며 살아왔고 이름도 '거시기'라 불렸다. 그러다 동학농민혁명을 이끈 전봉준최무성을 만나고부터 본래 이름인 백이강으로 불리게 된다. 거시기로 살았을 때는 말 그대로 동네 저잣거리에서 행패를 일삼는 그런 '거시기한' 일들만 저지르며 살았던 그가, 백이강으로 불리면서는 접장에 별동대장을 하면서 사람다운 삶을 살게 되었다. 우금티 전투에서 대패하고 더 이상 싸웠다가는 죽을 수밖에 없는 상황에 이르자 백이강은 하루를 살더라도 백이강의 이름으로 불렸던 그 '기깔난' 삶을 살다 가겠다고 외친다. 어떻게 이름 불러주느냐는 살아 있는 삶과 죽은 삶을 나누는 일이 되기도 한다.

　나는 어려서 내 이름이 마음에 들지 않았다. '정덕현'. '더켠'이라는 발음이 부드럽게 느껴지지 않았다. 게다가 한자는 너무 어렵고 무거웠다. 나라 정(鄭), 큰 덕(德), 어질 현(賢)으로 이름 석 자 쓰는데 획수가 너무 많아 한자를 외우기도 힘들었다. 뭐 이렇게 어려운 한자를 붙였나 싶었다. 게다가 이름의 의미가 너무 무거워서 어려서부터 '영감'으로 불렸던 내 성격에 이름이 미친 영향도 적지 않다고 여겨진다. 하지만 나이 들어가면서 이름 그 자체가 아니라 누군가에게 어떤 의미로 불리는가가 이름의 가치를 만든다는 생각이 든다. 내가 아닌, 그 이름을 불러주는 누군가에 의해.

鄭德賢

"여러분들께서는 돈이 뭐라고 생각하십니까? 제가 너무 쉬운 질문을 드렸나요? 물론 자본주의 사회 속에서 돈은 권력입니다. 돈만 있다면 뭐든지 다 할 수 있다는 뜻이죠. 하지만 제 생각은 조금 다릅니다. 돈은 인생이라고 생각합니다. 사람 냄새가 나지 않는 돈은 돈이 아니라고 생각합니다. 헛된 욕망의 신기루일 뿐이죠."

- 〈쩐의 전쟁〉

40억 연봉과 만 원짜리 국밥

나영석 PD가 국밥을 먹자고 했다. 며칠 전 그가 사십 억
연봉을 받는다는 기사를 본 터라 나는 만나자마자 툭 농
담을 던졌다. "사십 억 연봉을 받는 사람이 그래 점심으로
만 원짜리 국밥이야?" 그랬더니 나영석 PD가 무슨 소리
냐며 정색하며 말한다. "여기 국밥이 얼마나 맛있는데요."
그 답변에 피식 웃음이 터진다.

사실 평론가로 일하면서 가끔 식사 대접을 받는 자리
에 갈 때가 있다. 코스로 나오는 일식집이나 중식집에 가
기도 하고 내 돈 주고 사먹기에는 부담스러운 한우 고깃집
에 가기도 한다. 그런데 입맛이 서민적이라 그런지 꽤 가

격이 나가는 요릿집들에서 음식을 먹다보면 때론 라면이, 때론 국밥이 그리워진다. 워낙 고단백의 음식이라 느끼하기도 하고 쉽게 물리기 때문이기도 하지만, 그보다는 그런 자리가 형식적으로 딱딱해질 수밖에 없는 자리이기 때문이다. 간단하게 냉면이나 한 그릇 먹으면 더 진솔하게 얘기하고 삼겹살에 소주 한 잔을 곁들이면 더 편한 자리가 될 것 같은데 하는 생각이 든다.

그런데도 왜 굳이 그런 요릿집에서 보자고 할까? 그건 아무래도 돈의 값어치로 음식이 평가되고, 그 자리의 값이 그곳에서 보게 된 사람의 가치로 평가되기 때문일 게다. 어딘지 허름한 집에서 만나자고 하면 상대방을 살짝 무시하는 것처럼 오인되곤 하는 게 우리네 사회생활의 한 단면이 아니던가.

비단 음식점 식사 대접만의 문제는 아니다. 똑같은 평수의 아파트라 해도 강남과 강북이 다르게 취급되는 건 위치가 엄청나게 좋아서도 아니고, 그 아파트의 내부 인테리어가 탁월하게 뛰어나서도 아니며, 부대시설이 특별해서도 아니다. 요즘은 강북이라고 해도 신축 아파트는 강남의 오래된 아파트들보다 훨씬 낫기도 하다. 결국 가격이다. 똑같은 평수의 아파트도 20억을 넘는 것과 6억 정도 하는 것은 가치 자체가 달라진다. 물론 가격 형성에는 입지조건 같은 요소들이 들어가 있지만, 그래도 그 가치가 그만한 차액의 차이를 낸다는 데는 수긍하기 어렵다. 그러니 돈, 돈 하는 것일 게다. 돈이 없는 사람은 돈을 벌고 싶고, 돈이 있는 사람은 더 많이 벌고 싶어 한다. 그런데 과연 갑자기 일백 억 정도의 돈을 벌게 됐다고 해서 그 사람의 삶이 확 달라질까? 그것이 그를 행복하게 해주는 절대적인 조건이 될까?

대학시절 만났던 고교 동창 중 IMF 때 일백 억 가까이 되는 돈을 번 친구가 있다. IMF가 터지기 직전 회사를 차린 그 친구는 쓰레기통을 만들어 미국에 수출하는 사업을 하고 있었다. 그런데 쓰레기통 장사보다 거기 들어가는 비닐을 파는 게 더 쏠쏠했다. 비닐의 밑부분을 묶어서 쓰레기통에 넣고 쓰레기가 다 채워지면 윗부분을 묶어 잘라 버리면 되는 그 쓰레기통은 미국에서 꽤 잘 팔렸다. 게다가 수익금을 환전하는 일이 귀찮아서 달러로 갖고 있었는데 갑자기 IMF가 터지면서 환율이 급등한 것이다. 그때 그 친구의 사무실 한쪽 벽에는 매일 환율 등락표가 그려졌다. 그걸 보면서 친구는 흐뭇해했다.

굉장히 큰돈을 벌었지만 그 후로 그 친구의 소식이 끊

겨버렸다. 잘살고 있는지는 알 수 없으나 이혼을 했다는 소식이 들렸다. 그렇게 갑자기 불로소득처럼 운 좋게 벌게 된 돈이 과연 그를 행복하게 해줬을지 모르겠다. 고등학교 동기 모임에도 보이지 않는 걸 보면 친구들과의 관계도 거의 끊은 것 같다. 당시 나는 그 친구를 굉장히 부러워했다. 아직 취직을 못한 나는 친구네 사무실에 들렀다가 일이 끝나면 함께 술 한잔하고 귀가하곤 했으니까 그럴 법도 했다. 하지만 지금 생각해보면 그게 그렇게 부러울 일이었을까 싶다. 돈이란 것이 쉽게 벌면 쉽게 나간다고 어머니는 늘 말씀하셨다.

〈쩐의 전쟁〉이라는 드라마를 생각하면 돈다발을 벽돌처럼 쌓아놓은 창고 같은 곳에서 주인공 금나라^{박신양}가 환호성을 지르는 장면이 떠오른다. 돈은 권력이라고 생각했던 금나라는 뒤늦게야 그렇게 훅 들어온 돈은 사람을 피폐하게 만들 뿐이란 걸 깨닫는다. 그는 결국 결혼식날 처참한 죽음을 맞이한다. 뻔한 이야기지만 우리 역시 돈 앞에서 초연해지기란 쉽지 않다. 그래서였을 게다. 이 드라마를 꽤 몰입해서 봤던 기억이 있다.

나영석 PD와의 만남이 즐거운 건 김이 모락모락 나는 국밥 한 그릇을 먹거나 구내식당에서 도시락 같은 밥을 먹

어서가 아닐까 생각한다. 아마도 꽤 그럴 듯한 요릿집에서
만나게 되면 그 편안한 관계가 깨질 테니 말이다. 그리고
나영석 PD의 말대로 국밥은 정말 맛있었다. 비싸다고 무
조건 맛좋은 집이 아니듯, 싸다고 맛이 없다는 것도 편견
이다. 돈의 잣대로 무언가를 판단하는 일이 바보 같은 짓
이듯이.

"길라임 씨한테 소리 좀 그만 지르세요. 방금도 막 밀치고 그러시는데 그러시면 안 됩니다. 저한텐 이 사람이 김태희고 전도연입니다. 제가 길라임 씨 열렬한 팬이거든요."

- 〈시크릿 가든〉

저한텐 이 사람이 김태희고,
전도연입니다

고등학교 시절 나의 우상은 브룩 쉴즈, 소피 마르소, 피비 케이츠였다. 이 배우들의 브로마이드를 사서 방 벽에 붙여 놓았고, 이들 사진이 들어 있는 책받침을 썼으며, 여러 장의 사진 엽서를 사서 모으기도 했다. 이들이 출연한 영화 중 19금도 있었지만 모두 숨어서 챙겨 봤다. 브룩 쉴즈의 〈푸른 산호초〉, 소피 마르소의 〈라 붐〉, 피비 케이츠의 〈파라다이스〉 같은 영화들이 기억난다. 그중 특히 내가 가장 좋아했던 배우는 소피 마르소였다. 변함없는 소녀 같은 외모에 지금도 여러 작품에 출연하며 갈수록 깊이 있는 연기를 보여주는 배우다.

이런 내 성향을 그대로 물려받았는지 딸은 고등학생 시절 아이돌 그룹 엑소에 푹 빠져 있었다. 하지만 이른바 딸의 '팬질'은 공연을 쫓아다니는 입덕 정도는 아니었다. 미대 입시를 준비하느라 아이돌을 쫓아다닐 여유 시간이 없었기 때문이다. 가끔 엑소 멤버의 모습을 스케치하고 새로 나온 음반을 사서 듣는 것 정도가 딸아이가 하는 팬질의 대부분이었다. 대학에 들어가서야 비로소 공연에 가기 위해 온 가족이 인터넷 예매에 동원되는 소동을 겪었다. 물론 매번 실패해서 우리 집 인터넷 환경으로는 결코 엑소의 티케팅이 불가능하다는 딸아이의 푸념을 들었지만. 결국 PC방에서 티케팅에 성공한 딸은 그 후로 학교 수강신청을 할 때마다 그 PC방을 찾게 되었다. 엑소 티케팅 연습 때문에 수강신청을 누구보다 빠르게 할 수 있게 되었다며.

한때는 팬 활동을 한다는 것을 이상하게 보던 시대도 있었다. 그래서 요즘 쓰는 '팬질'이라는 단어에는 이런 활동을 낮게 바라보는 시선과 그러면서도 그것이 주는 즐거움을 인정할 수밖에 없다는 뉘앙스가 동시에 담겨 있다. 하지만 이제는 나처럼 중장년들도 대부분 누군가의 팬이었던 경험이 있는 세대인지라 이러한 팬질을 이상하게 바라보지 않는다. 그저 취향이니 누구를 좋아하든 문제될 거

없다는 시각이 지배적이다.

아내가 산후조리원에서 알게 된 한 친구는 정해인의 팬이라고 했다. 그래서 아내가 마침 정해인이 나온 영화 〈유열의 음악앨범〉을 봤다고 하자 그는 이렇게 말했다고 한다. "그래? 나는 아홉 번 봤어." 그는 정해인을 '햇님'이라 부른다고 했다. 아내는 조금 놀랐다는 식으로 말했지만 팬 활동이 삶에 활력소가 된다면 그만한 투자 정도는 할 수 있는 일이라고 했다.

아내 역시 회사 다닐 때는 일정한 기간마다 뮤지컬을 한 편씩 챙겨보는 걸로 자신의 삶에 일종의 보상을 해줬다고 했다. 아내의 회사 동료 중에는 미혼으로 살아가면서 일 년에 삼백육십만 원 상당을 아이돌 팬 활동에 쓰는 이도 있었다고 했다.

하지만 이런 팬질을 합리적이지 않다고 보는 이들도 적지 않다. 아내는 회사 동료가 송가인에 푹 빠져서 같은 프로그램을 여러 차례 보는 남편 때문에 싸운 일화를 들려줬다. 내가 "그게 뭐 어때서 싸우기까지 하느냐"고 하자, 아내는 "글쎄, 그게 당사자 일이라면 다르게 느껴질 수도 있지. 내가 그러면 어떻겠어?"라고 했다. 생각해보니 사소해 보여도 갈등이 생길 수 있겠구나 싶었다. 먼발치에서 좋아하는 것까지야 그렇다 쳐도 이제는 꽤 많은 돈을 투자하며 팬 활동을 하는 새로운 팬덤 문화까지 등장하고 있으니 말이다.

너무 큰돈을 투자하는 팬 활동은 문제일 수 있지만, 적당한 투자로 삶에 활력을 주는 팬 활동은 나름 의미가 있을 게다. 생각해보면 내가 지금 이 일을 하고 있는 것도 어쩌면 그때 브룩 쉴즈와 소피 마르소 그리고 피비 케이츠를 좋아해서 그녀들의 영화를 챙겨보면서 대중문화에 관심을 갖게 된 때문인지도 모른다. 나중에 안 일이지만 딸이 굳이 미대를 가려고 했던 데는 엑소 팬 활동을 하며 그들의 인물 스케치를 하곤 했던 것의 영향도 있었다고 보인다.

우리는 실제로 이런 팬 활동이 그 대상을 빛나게 하는 힘이 된다는 걸 경험적으로 알고 있다. 멀리 볼 것도 없이 지금의 나를 이렇게 성장시키고 단단하게 만들어준 건 마치 열성팬처럼 나를 무한 지지해주고 어떤 선택에도 박수쳐주며 지원을 아끼지 않았던 아내였으니 말이다. 누구에게나 사랑하는 사람은 자신만의 김태희이고 전도연이며 현빈일 테니.

"요섭이 너 나랑 약속했잖아. 다시는 안 죽겠다고 했잖아. 당분간 죽을 생각 없으니까 안심하라고 했잖아? 죽고 싶으면 죽어. 근데 내일 죽어. 내일도 똑같이 힘들면 그 다음 날 죽어. 그 다음 날도 똑같이 고통스러우면 그 다음 다음 날 죽어도 안 늦어. 그렇게 하루씩 더 살아가다보면 반드시 좋은 날이 와. 그때 안 죽길 정말 잘했다 싶은 날이 온다구!"

"저 안 죽습니다, 오리진 씨. 저 안 죽어요. 할 일이 있어서, 지켜줘야 될 사람이 있어서, 언젠가 할 일을 마치게 되면 그 사람에게 꼭 해줄 말이 있어서 못 죽어요, 이제."

"안 죽겠다는 말이 이렇게 감동적인지 처음 알았네. 안 죽겠다는 말이 이렇게 안심이 되는 말인지 처음 알았다고 내가."

- 〈킬미, 힐미〉

내일 죽어도 안 늦어

사는 게 정말 드라마 같은 순간들이 있다. 젊은 시절, 호주에서 일 년간 지냈을 때의 이야기다. 명목은 언어연수였는데, 사실 그건 핑계고 진짜 목적은 일 년 정도 여기저기 여행하면서 지내고 싶어서였다. 멜버른에 있는 한 대학교 기숙사에 잠시 머물고 있을 때였다. 그곳에서 언어연수 왔다는 한 아저씨를 만났다. 그 아저씨는 내 기숙사 방문에 노크하고는 비쭉 맥주를 내밀었다.

당시만 해도 우리나라 사람이 호주에 그리 많지 않았던지라, 같은 한국 사람이라는 것만으로도 쉽게 친해지곤 했다. 아저씨는 호주에 온 지 한 달 정도밖에 안 됐다고 했다. 친구가 없어 보였다. 마흔줄이 넘은 나이에, 덩치는 산만한 데다 무슨 세파를 그리 겪었는지 험상궂어 보이는 얼굴에는 전혀 활기가 없었다. 맥주를 마시며 이런저런 얘기를 나누면서 우리는 쉽게 친해졌다.

아저씨는 자주 내 방에 찾아왔는데, 거의 매일이 술이었다. 사정을 듣고 싶었지만 아저씨는 도무지 말을 해주지 않았다. 그저 빙그레 웃고만 있을 뿐이었다. 나는 기숙사에 있는 친구들과 팀을 짜서 멜버른 근교로 자주 놀러가곤 했는데, 아저씨는 한 번도 이 근교여행에 합류한 적이 없었다. 늘 혼자 다녔고, 수업 시간에 잠깐 얼굴을 내밀었다가 방에 들어가면 두문불출이었다. 가끔 늦은 밤 내 방을 찾아와 맥주 한 캔씩 마시는 정도가 다였다. 그래서인지 외국인 친구들도 이 아저씨를 어색해했다. 영어도 잘 못하는데다가 어딘지 험상궂어 보이고 늘 술에 취해 있는 모습이 거리감을 갖게 했던 모양이다.

"나도 같이 가면 안 될까?" 그러던 어느 날 아저씨가 불쑥 내게 물었다. 멜버른에서 서쪽에 위치한 '필립 아일랜드'라는 곳에 가려고 계획을 세우던 차였다. 어둑어둑해지면 펭귄들이 바다에서 아장아장 걸어 나오는 것을 보려고 사람들이 몰리는 곳이었다. 왜 갑자기 근교여행에 참

여하겠다고 하는지 궁금했지만 굳이 묻진 않았다. 하긴 그렇게 맨날 방구석에만 있으니 답답하기도 하겠지 싶었다.

필립 아일랜드를 찾아간 날 폭우가 내렸다. 그 폭우 속에서 과연 펭귄을 볼 수 있을까 조바심을 내고 있는데, 다행스럽게도 펭귄들이 줄을 맞춰 뭍으로 걸어 나오고 있었다. 사람들은 환호하기 시작했다. 그런데 그게 그렇게 감동적이었을까? 한쪽에 앉아 있던 아저씨의 얼굴이 심상찮았다. 사람들이 모두 펭귄에 정신 팔려 있는 동안 아저씨는 누가 볼세라 슬쩍슬쩍 눈물을 훔치고 있었다.

그날 저녁 기숙사로 돌아와 우리는 뒷풀이로 맥주를 마셨다. 마침 CD 플레이어에서는 스키터 데이비스의 'The end of the world'가 흘러나오고 있었다. 감미로우면서도 어딘지 우울한 스키터 데이비스의 목소리 때문이었을까? 아저씨는 불쑥 내게 고맙다고 말했다. 나는 영문을 알 수가 없었다. 뭐가 고맙다는 건지.

다음 날부터 아저씨의 얼굴이 달라졌다. 활기차 보였고 영어는 서툴러도 사람들과 얘기를 나누려는 노력이 역력했다. 술을 줄여서인지 낯빛도 점점 좋아졌다. 차츰 내 방에 찾아오는 횟수가 줄었고, 다른 사람들과 어울려 지내는 모습이 자주 보였다. 나는 멜버른을 떠나 시드니로 옮

겨와 지내면서 기숙사에 남아 있는 친구들로부터 아저씨의 소식을 들었다. 아저씨는 내가 그랬던 것처럼 기숙사에서 사귄 친구들과 주말이면 여기저기로 놀러 다닌다고 했다. 그렇게 두어 달이 지나고 아저씨는 본래 일정을 다 마치지 않고 한국으로 돌아갔다고 했다. 친구들의 말에 의하면 돌아가는 아저씨의 얼굴이 처음에 봤던 얼굴하고는 완전히 달라져 있었다고 했다. 그리고 나는 귀국하기 전 멜버른에 들러 만난 친구들에게서 아저씨의 드라마 같은 사정을 들을 수 있었다.

죽고 싶었다고 했다. 자포자기 심정으로 호주까지 온 것이라고 했다. 사업이 망했고, 빚쟁이에 시달리던 아내는 아들을 데리고 집을 나갔다. 아내와 아들을 찾으려고 미친 듯이 여기저기 수소문하고 다녔지만 도무지 찾을 수가 없었다. 그 와중에 빚쟁이들은 계속 몰려와 집안에 돈 되는 거라면 뭐든 집어갔다. 하루하루가 지옥이었다. "그런데 어느 날 TV를 보는데 캥거루가 막 뛰어다니는 거야. 호주 관광청에서 내건 광고였을 거야. 그걸 보니까 다른 생각이 하나도 안 나는 거야. 이런저런 생각 때문에 미치겠는데 말이야" 그래서 호주라는 데를 한번 가보고 싶다는 생각이 들었다는 것이다. 그것이 사실인지 아니면 넋두리인지는 알 수 없지만, 적어도 그가 꽤 절망적이었던 것만은 분명해 보였다. "아들이 펭귄 보러 가자고 졸랐었거든." 그걸 못해줬다고 했다. 사실 빚쟁이에 몰리는 상황에 펭귄을 보러 갈 여유가 어디 있었을까.

아저씨에 대한 진짜 드라마 같은 이야기는 이게 끝이 아니었다. 귀국한 지 일 년쯤 지났을 무렵 나는 우연히 지하철에서 아저씨를 보았다. 스키터 데이비스의 'The end of the world'가 들려와 고개를 들었더니 그때 그 아저씨가 카트에서 음악 CD를 꺼내 팔고 있었다. "이 한 장의 CD에는 추억의 팝송이 무려 오십 곡이나 들어 있습니다! 오늘 특별히……"

아저씨는 나를 보지 못했다. 나는 슬쩍 일어나 그 자리를 피했다. 내가 불편해서 그랬던 것인지, 아니면 아저씨가 불편해할 것 같아서인지 알 수 없었다. 어쩌면 둘 다였을지도 모르겠다. 다만 나는 꽤 안심했던 것 같다. 아저씨의 얼굴이 밝아 보였기 때문이다.

어려서부터 우리는 한 가지 얼굴을 강요받으며 살아왔다. 그것이 하나의 정체성을 만들어주기 때문이었다. 그 정체성이 흔들리는 말이나 행동을 보이면, "너 미쳤니?" "그건 너답지 않아"라는 반응이 돌아왔다. 그래서 우리는 어느 순간부터 내가 가진 다양한 '가능성'들을 스스로 검열하며 살아왔다. 연기는 어쩌면 연기자들만의 몫이 아닐지도 모른다. 다양한 얼굴을 경험하고 그것 역시 나라는 것을 인정한다면 더 풍요로운 삶을 살 수 있지 않을까?

Part 2.

"늘그막에 꽃뱀으로 콩밥 먹이고 싶지 않으면 알아서 처신시켜요. 우리 삼촌이 검산데 감히 누구 돈을 빼돌리려고."

"감히…… 감히 누구보고 꽃뱀이래? 우리 엄마야. 너 같은 년이 함부로 지껄일 내 엄마 아니라고."

– 〈동백꽃 필 무렵〉

적어도 엄마가 있다, 우리 엄마

'헤일 수 없이 수많은 밤을~' 카운터에서 엄마와 같이 앉아 있으면, 여관 맞은편 극장에서 이미자의 '동백아가씨'가 흘러나오곤 했다. 어머니는 자신의 어린 시절 이야기나 가족 이야기를 들려준 적이 없다. 다만 어려서 일찍이 부모를 여의고 홀로 세상에 나와 안 해본 일 없이 억척스럽게 살아왔다는 것만 어렴풋이 알 수 있을 뿐이었다. 지금과는 다른, 마당도 있고 정원도 있는 꽤 낭만적인 옛 여관이었지만, 카운터를 지키고 방을 청소하고 손님을 받는 일은 상당히 고된 것이었다. 특히 지금 생각해보면 새벽까지 잠을 자지 못하고 카운터에서 혼자 얼마나 외롭고 힘들었을까 싶어 가슴 한편이 저릿하다.

　어머니는 일찌감치 자식들을 서울로 유학 보내고 공부를 시키기 위해서라면 뭐든 하셨다. 어린 나이에 서울로 오게 된 자식들은 그게 너무 힘들다며 투덜댔지만, 어머니는 홀로 그 감옥 같은 카운터에서 얼마나 많은 밤을 지새웠을까? 어려서 사는 일이 힘겨워 학교도 제대로 다닐 수 없었던 어머니는 뒤늦게 학교를 다니셨다. 시골에서 서울까지 올라와 청량리에 있는 문해학교까지 오가며 글을 배웠다. 뒤늦게 시작한 어머니의 공부는 지금까지 이어지고 있다. 카운터를 지키느라 잠도 제대로 자지 못한 상태로 그 먼 길을 다니며 가졌을 공부에 대한 갈증은 얼마나 컸던 것일까?

　어려서는 우리 집이 여관을 한다는 사실이 부끄러웠다. 그래서 나는 부모님의 직업란에 늘 '상업'이라고 썼고, 조금 커서는 '사업'이라고 쓰곤 했다. 왜 그랬는지 모르지만 나는 뒤늦게 그런 내 자신이 부끄러워졌다. 사실 내가 대중문화 관련 글을 쓰는 직업을 갖게 된 것도 알고 보면 그 여관의 영향이 컸다. 극장이 바로 앞이라 가끔 리사이틀을 하러 연예인들이 오면 우리 여관에서 묵곤 했다. 이미자도, 이주일과 이상해도, 배삼룡도 우리 여관에 묵었고 어린 내 머리를 쓰다듬어주기도 했다. 그런 경험들이 나를 자연스럽게 대중문화 속으로 끌어들였을 거라고 나는 지금에 와서 생각한다. 어쩌면 카운터에 앉아 하염없이 들었던 이미자의 '동백아가씨' 영향일지도.

〈동백꽃 필 무렵〉에서 동백^{공효진}은 어린 시절 자신을 버리고 떠났던 엄마 정숙^{이정은}에 대한 애증을 갖고 있다. 엄마는 너무나 가난해 아이까지 잃을 수 있다는 생각에 제 살을 베어내듯 동백을 보육원에 맡기고 떠난 것이었고, 그 후로 단 한순간도 동백을 생각하지 않은 적이 없었다. 엄마는 삶 자체가 온통 동백이란 존재 하나를 위해서 있는 것처럼 살았다. 어쩌다 재혼을 하게 되었어도 그건 마찬가지였다. 쉽지 않은 시집살이에도 따박따박 돈을 모아 동백을 위한 '목숨 값'이나 되는 것처럼 보험을 들었다.

늘 엄마를 부정해왔던 동백이 엄마에게 '꽃뱀' 운운하는 정숙의 의붓딸의 뺨을 올려 붙이며 "우리 엄마야"라고 할 때 나도 모르게 눈물이 터졌다. 세상 사람들이 뭐라고 해도, 자식들에게 엄마란 그런 존재일 것이었다. 카운터에 늘 무심한 표정으로 앉아 있어 아무렇지도 않은 것처럼 보였지만, 어머니가 참 많은 걸 희생하며 살았다는 걸 알아차리는 데는 꽤 긴 시간이 필요했다.

어머니와 함께 호주를 여행할 때였다. 렌트한 차를 운전하며 어머니가 듣기 좋으라고 가져온 CD를 틀고 옛 노래들을 따라 부르고 있었다. 기분이 좋아졌는지 어머니도 노래를 따라 불렀는데 갑자기 어느 순간 조용해졌다. 앞만 보고 운전하다 갑자기 조용해져 옆자리를 돌아보니 어머니가 울고 계셨다. "왜 울어?" 하고 물으니 어머니는 이렇게 말씀하셨다. "이렇게 좋은 걸 이제 알았네." 이런 여행 하나가 어머니에게는 굉장한 호사였던 거였다.

때론 혼자 들길에 피어난 꽃이 된 듯 외롭고 힘들 때가 있다. 하지만 그 꽃이 그렇게 핀 것은 결코 혼자의 힘만은 아니었다는 걸 이제 나도 부모가 되어 조금은 알게 됐다. 보이지 않는 바람이 불었고, 따스한 햇볕이 내리쬐었으며, 촉촉한 비가 메마른 가지를 적셔주었다. 태어난 모든 이들은 그래서 혼자가 아니다. 적어도 어머니가 있으니.

"꽃으로만 살아도 될 텐데. 내 기억 속 사대부 여인들은 다들 그리 살던데……"

"나도 그렇소. 나도 꽃으로 살고 있소. 다만 나는 불꽃이오.
거사에 나갈 때마다 생각하오. 죽음의 무게에 대해. 그래서 정확히 쏘고 빨리 튀지. 양복을 입고 얼굴을 가리면 우린 얼굴도 이름도 없이 오직 의병이오. 그래서 우리는 서로가 꼭 필요하오. 할아버님껜 잔인하나 그렇게 환하게 뜨거웠다가 지려 하오. 불꽃으로.
죽는 것은 두려우나 난 그리 선택했소."

– 〈미스터 션샤인〉

꽃보다 불꽃, 불꽃보다 촛불

시골에서 유학 온 학창시절의 나는 숨이 턱턱 막히게 죽어라 공부만 하며 살았을 것 같지만 그럭저럭 친구들과 골목에서 뛰어놀 때도 많았다. 다방구를 주로 했는데, 가끔은 문방구에서 팔던 폭음탄을 갖고 놀기도 했다. 지금 생각해보면 위험천만한 놀잇감이 아닐 수 없다. 종이로 말려 안에 화약이 들어 있고 심지가 나와 있어 불을 붙이면 타들어가다 '뻥'소리를 내며 폭음탄이 터졌다. 아이들은 위험한 줄도 모르고 그것에 불을 붙여 남의 집 담장 너머로 던지기도 하고, 길 가던 친구를 놀라게 하기도 하며 놀았다. 폭음탄을 던지기도 전에 손에서 뻥 터져 누군가 손을 다쳤다는 소문이 돌기도 했지만 그래도 우린 폭음탄 놀이를 계속했다. 굉음을 내며 뻥 터질 때마다 드는 묘한 쾌감 같은 것이 있었다.

그러다 1987년 대학에 와서야 그 폭음이 얼마나 무서운 것인가를 실감했다. 많은 선배와 동기가 민주화를 요구하며 시위할 때, 저편에서 투투투투 하며 페퍼포그(Pepper fog)차가 쏴대던 최루 가스와 전경이 총처럼 쏘아대던 최루탄은 충격 그 자체였다. 그해 이한열 열사는 시위 도중 전경이 쏜 최루탄에 머리를 맞아 병원으로 이송되었지만 사망했다. 폭음은 더 이상 유희가 아니었다. 그곳은 전쟁터였고 폭음 때문에 누군가는 피어나지도 못하고 생명이 꺾이기도 했다.

1987년 민주화 운동으로 6.29선언이 이어지고 대통령 직선제로 사회에 변화가 일어난 것처럼 보였지만 그 후로도 정치권의 부정부패는 계속 이어졌고 대학생들은 거리로 나섰다. 90년대에는 안타깝게도 대학생들의 분신자살이 연달아 벌어지기도 했다. 더 나은 세상을 위해 무수한 폭음 속으로 뛰어들었던 그들은 결국 불꽃이 되었다.

〈미스터 션샤인〉에서 사대부가의 영애로 태어난 고애신^{김태리}은 한평생 편하게 살 수도 있는 인물이었다. 구한말은 혼돈기였지만 재산을 축적한 일부 양반들은 마음만 먹으면 그리 살 수 있었다. 하지만 그는 스스로 의병이 되는 길을 선택했다. 그의 앞에 나타난 유진 초이[이병헌]는 그에게 사대부 여인으로서 '꽃'으로 살아도 될 텐데 왜 그리하지 않았냐고 묻는다. 그러자 고애신은 말한다.

> "나도 그렇소. 나도 꽃으로 살고 있소. 다만 나는 불꽃이오."

꽃보다 불꽃처럼 타올랐다 지는 삶을 선택한 것이다. 이 대사를 듣는 순간 나는 90년대 대학생들이 스스로 피워냈던 불꽃을 떠올렸다. 근근이 사는 삶이 아니라 하루를 살아도 불꽃처럼 타오르는 삶.

불은 파괴적인 힘을 갖는다. 하지만 때론 낭만적으로 비춰지기도 한다. 그래서 불에 꽃을 붙여 불꽃이라고 지칭하는 것일 게다. 흔히들 혁명을 이야기할 때 '불'같이 치열한 것이라 생각한다. 하지만 대학에서 혁명은 '불꽃'처럼 낭만적인 것이기도 했다. 부패한 기존 질서를 파괴하고 더 나은 어떤 것을 꿈꾸는 삶은 불꽃처럼 낭만적이었다. 현실은 이상처럼 아름답지 않지만 불꽃같은 삶은 훗날 낭만적인 기억으로 남는다. "It is better to burn out than fade away(서서히 사라지기보다는 한번에 타버리는 게 낫다)"라며 자신을 날려버린 커트 코베인^{Kurt Cobain}처럼.

하지만 우리의 삶이 모두 그렇게 낭만적일 수는 없다. 대부분은 단번에 자신을 소진시키는 불꽃같은 삶을 선택하지 않는다. 그리고 그 많은 불꽃들을 보면서 알게 된 건, 그 뒤에 보이지는 않지만 천천히 타들어가는 무수한 촛불들이 존재한다는 거였다. 현실에 발을 딛고 살아가는 많은 이가 들었던 촛불은 단번에 커다란 불꽃을 만들지는 않았지만 오래도록 타오르며 다른 초로 불을 이어가며 조용히 세상을 바꾸었다. 불꽃의 삶은 꽃보다 숭고하고 아름답지만, 촛불의 삶은 위대하다.

1980년 어느 날, 과외 집으로 시위대 대학생들이 뛰어들어왔다. 골목길을 따라 들어온 매캐한 최루탄 냄새가 공기를 험악하게 만들었고, 공부하고 있던 우리들은 왠지 모를 두려움에 휩싸였다. 과외 선생님은 재빨리 문을 닫아걸고 학생들을 숨겨주었다. 그리고 우리에게 조용히 있으라고 했다. 인자하신 선생님 얼굴에도 다급함과 두려움이 떠올랐다. 시위대를 쫓는 전경들의 군홧발 소리가 골목을 빠져나가고 나서도 우리는 한참을 그 학생들과 숨죽여 있었다.

긴장 속에 흥분이 뒤섞였던 시간, 우리는 동질감을 느꼈다. 나이 들어 알게 된 것이지만 세상에는 그렇게 숨겨진 많은 촛불이 있었다. 꽃보다 불꽃, 불꽃보다 촛불!

"난 솔직히 너 돌아온 거 반갑지 않아. 너도 알다시피 우린 일당백이 필요하다고."

"알고 있습니다."

"안영이가 왔어야 됐는데……. 아, 이왕 들어왔으니까 어떻게든 버텨 봐라. 여긴 버티는 게 이기는 데야. 버틴다는 건 어떻게든 완생으로 나 간다는 거니까."

"완생이요?"

"넌 잘 모르겠지만 바둑에 이런 말이 있어. 미생, 완생. 우린 아직 다 미 생이야."

– 〈미생〉

버티는 삶

첫 직장으로 들어간 곳이 소주 회사 홍보팀이었다. 글만 쓰고 살겠다고 버티다 결혼을 하게 되면서 어쩔 수 없이 선택한 회사였다. 술을 파는 회사니 당연히 술을 많이 마실 거라 생각하긴 했는데 정말 술을 많이 마셨다. 퇴근 후면 정해진 가게로 출근해서 "아줌마, 여기 진로 주세요!"라고 몇 번을 외치고 귀가하는 게 일상이었다.

또 홍보팀 회의실에서는 가끔 국내는 물론이고 해외에서 새로 나온 술을 마시는 일종의 시음식이 벌어지기도 했다. 퇴근 전 회의실에 모여 안주 없이 술을 마셔보고 다음 날 "어때?" "머리 아파 죽겠어요." "다행이군." 이런 식의 대화를 나누었다.

그때는 거의 모든 일상에 술이 있었다. 명절 선물도 술로 받았고, 회식은 잦았다. 워낙 영업으로 커온 회사인지라 전국 각지로 발품을 판 영업맨들에 의해 축적된 맛집 정보도 엄청났다. 그러다 보니 지방으로 취재라도 가면 일 끝나고 난 후 맛집에서 술을 마시기 일쑤였다.

우리는 우리를 농담반 진담반으로 '마루타'라 불렀다. 나도 술을 즐기는 편이라 처음에는 좋았지만, 차츰 그것이 일상이 되면서 이러다가 무슨 일 날 것 같은 불안감에 사로잡히기도 했다. 불행인지 다행인지 내가 입사한 지 딱 일 년 만에 회사가 화의신청을 하게 되면서 직원들을 내보냈고 나도 퇴사하게 됐다. 가끔 그때의 직장동료들을 만나면 그때 해고된 덕에 내가 지금 살아 있다고 농담을 하기도 한다.

그렇게 첫 직장이 순조롭지 않았던지라 그 후로 몇몇 회사를 전전했지만 결과는 좋지 못했다. 한 회사에서는 월급을 못 받는 상황이 벌어지기도 했고, 벤처 열풍 때 친구들과 의기투합해 회사를 세워 엔젤투자자들의 투자까지 받았지만 결과를 내지 못해 결국 망하기도 했다. 결국 나는 한참을 돌아 내가 본래부터 하려던 글 쓰는 일로 돌아왔다.

　프리랜서로 글을 쓰면서 돈을 버는 건 결코 쉬운 일이 아니었다. 그래서 글로 돈이 되는 일은 뭐든 했다. 출판사 외주기획도 했고 대필작가도 했으며, 만화 대본도 썼다. 영화 시나리오를 디지털화하는 공공근로직을 얻기 위해 이리 뛰고 저리 뛰었다.

　사실 불안하지 않은 적이 거의 없었지만 그때는 젊어서 그랬는지 하루하루를 잘도 버텨냈다. 말이 좋아 프리랜서지 일이 없으면 백수가 되어버리는 삶이지만, 꾸역꾸역 할 수 있는 일들을 하며 본래 꿈이었던 소설을 썼다. 지금 생각해보면 소설을 쓰겠다는 꿈이 있어 그래도 힘든 현실을 버틸 수 있었다 싶다. 거의 아르바이트에 가까운 일들을 하면서도 늘 이건 내 진짜 삶이 아니라고 자위하곤 했으니까. 소설가의 삶이 바로 나의 진짜 삶이라고 생각했다.

　〈미생〉이라는 웹툰과 웹툰을 원작으로 한 드라마를 보면서 내내 나의 회사생활과 사회생활을 하며 부딪쳤던 일들이 떠올랐다. 우린 다 미생이었다. 그러니 무언가를 누리기보다는 하루하루를 버텨내는 게 일이었다. 그런 미생들을 하루하루를 버티게 하는 힘은 단 한 가지였다. '완생으로 나가고 있다'는 믿음. 그게 없다면 버텨낼 수 없을 거였다.

물론 지금도 나는 미생이다. 소설가를 꿈꾸고 있지만 여전히 소설 한 편 쓰지 못하고 있다. 대신 하루하루 마감에 밀려 원고를 쓰며 살아간다. 이제는 그럭저럭 생활을 할 수 있게 됐지만 별로 달라진 게 없는 프리랜서의 삶이다.

하지만 그때도 그랬지만 지금도 버틸 수 있는 건 그래도 내가 완생으로 나아가고 있다는 믿음 때문이다. 영영 완생에 닿을 수도, 또 소설가가 되지 못할지도 모르지만, 이런 믿음은 소중하다. 우리를 버텨내게 해주니까.

"이놈, 해보거라."

"이놈."

"이놈, 제대로 놀지 못하겠느냐?!"

"이놈, 제대로 놀지 못하겠느냐?!"

- 〈왕이 된 남자〉

내가 모르는 더 많은 '내'가 있다

"여러분은 연기가 진짜라고 생각하나요, 가짜라고 생각
하나요?" 아이돌 연습생들을 위해 기획사로 강의를 하러
가면 항상 하는 질문이다. 그러면 많은 연습생이 "가짜"
라고 답한다. 연기는 일종의 '흉내 내기'라고 생각한다.

하지만 내가 만나본 연기 잘하는 배우들의 이야기를
빌어보면 연기는 결코 가짜가 아니고 가짜여서도 안 된
다. 적어도 그 순간에는 진짜여야 한다. 실제 사랑하지 않
으면서 사랑하는 연기를 하면 금세 들통이 난다. 그래서
연기자들은 연기를 하는 동안에는 실제로 자신을 사랑에
빠뜨린다. 물론 연기가 끝나고 나면 다시 본래 자신으로

돌아와야 그것이 연기지만.

아이돌 연습생들에게 연기에 대해 묻는 이유는 아티스트에게 얼마나 많은 얼굴이 필요한지, 그것이 작품이나 노래 속에서는 가짜가 아닌 진짜여야 한다는 걸 역설하기 위함이다. 이런 이야기를 하면 연습생들은 혼란스러워한다. "그럼 다중이가 되어야 하는 건가요?" 연습생들은 그런 되물음에 까르르 웃지만, 그럴 때마다 나는 생각한다. 우리가 얼마나 하나의 얼굴, 하나의 정체성에 집착하고 있는가를. 그래서 거꾸로 묻는다. **"어째서 우리는 하나의 얼굴만 갖고 살아야 하나요?"**

실제로 우리는 굉장히 많은 얼굴들을 하루에도 수십 번씩 바꿔가며 살아간다. 아침에 일어나 가족을 대할 때의 얼굴이 다르고, 오래된 친구들을 만나면 그 시절의 얼굴로 돌아간다. 그러다가 모임 같은 공식적인 행사에 가면 또 다른 얼굴이 된다. 가끔 강연을 하러 무대에 오를 때마다 나는 생각한다. 도대체 이 내성적인 인간의 어느 구석에 이런 너스레를 떠는 얼굴이 숨겨져 있었나. 강단에 오르기 전에는 한참을 긴장하고 떨지만 막상 강단에 오르면 나도 모르는 또 하나의 자아가 튀어나와 강의를 하고 있다.

내가 모르는 더 많은 내 자신이 있다는 걸 실감한 건

자아콜렉션

글만 쓰는 놈   쑥먹같은 놈   백수나부랭이

예민보스   말잘하는 놈   능구렁이

몽상가   꼰대

자!
오늘은 어떤 내가 돼서
놀아볼까?

대학 시절에 호주로 어학연수를 갔을 때다. 외국에 간 것 자체가 처음인데다 영어도 익숙하지 않아서 처음에는 거의 기숙사 방에서 나오지 않은 채 지냈다. 그러다 기숙사에서 지내는 외국인들과 조금씩 영어로 대화를 나누면서 나도 몰랐던 새로운 모습들이 나오기 시작했다.

비가 오는 어느 날이었다. 시내에 나갔다 충동적으로 사온 기타를 치며 나지막이 비틀즈의 노래를 부르고 있는데 누군가 문을 두드렸다. 옆방의 일본 친구였는데 우린 별 대화도 없이 이름만 나누고 함께 비틀즈 노래를 불렀다. 그렇게 하나둘 내 방에 모이는 친구들이 늘어났다. 그들과 술을 마시고 함께 여행도 하면서 나는 완전히 다른 나를 느꼈다.

훗날 생각해보니 그곳에 나를 아는 이가 아무도 없다는 사실과 영어라는 새로운 언어로 말하면서 생겨난 변화였다. 마치 신생아가 처음으로 언어를 쓰며 관계를 통해 자아를 만들어가듯이 나도 또 다른 자아를 끄집어낸 것이었다. 물론 그런 모습은 일 년 후 귀국하면서 언제 그랬냐 싶을 정도로 원상태로 돌아와 버렸다.

다만 그 경험 이후 나는 새로운 체험이나 관계 속에서 튀어나오는 나의 또 다른 면들을 자연스럽게 나 자신으로 받아들이게 되었다. 평생 글쟁이로 책상머리에만 앉아서 살 것 같았던 내가 방송에도 나오고 강연무대에도 서는 걸 보고 어머니는 말씀하신다. "너 같은 쑥맥이 이렇게 될 줄 누가 알았다니?"

　조선판 '왕자와 거지'를 소재로 한 드라마〈왕이 된 남자〉첫 회에 왕인 이헌^{여진구}이 자신과 똑같은 얼굴을 한 광대 하선^{여진구}을 불러 자기를 연기해보라고 으름장을 놓는 장면이 등장한다. 왕 앞에서 잔뜩 긴장한 하선이 어색하게 왕이 시키는 "이놈"이라는 말을 흉내 내자 왕이 불같이 화를 내며 소리친다. "이놈, 제대로 놀지 못하겠느냐?!" 그러자 그 한 마디가 하선의 속에 있는 또 하나의 자아를 끄집어낸다. 하선이 왕의 목소리로 똑같이 "이놈, 제대로 놀지 못하겠느냐?!" 하고 외치자, 그 모습에 왕은 흡족해하며 미친 듯이 웃어댄다. 그리고 이후 자신을 숨기고 왕 역할을 하던 하선은 점차 진짜 왕의 면모를 갖춰간다. 마치 본래부터 왕이었던 것처럼.

　어려서부터 우리는 한 가지 얼굴을 강요받으며 살아왔다. 그것이 하나의 정체성을 만들어주기 때문이었다. 그 정체성이 흔들리는 말이나 행동을 보이면, "너 미쳤니?" "그건 너답지 않아"라는 반응이 돌아왔다. 그래서 우리는 어느 순간부터 내가 가진 다양한 '가능성'들을 스스로 검열하며 살아왔다.

연기는 어쩌면 연기자들만의 몫이 아닐지도 모른다. 다양한 얼굴을 경험하고 그것 역시 나라는 것을 인정한다면 더 풍요로운 삶을 살 수 있지 않을까? 때론 발랄하게, 때론 슬프게 노래해야 하는 아이돌 연습생들에게 "한 가지 얼굴이 유리하겠어요, 아니면 백 가지 얼굴이 유리하겠어요?"라고 물으면 당연하다는 듯 "백 가지 얼굴"이라고 답하는 것처럼. 그래야 인생이라는 무대 위에서 제대로 한 판 놀아볼 수 있을 테니까.

자아 콜렉션

"어느 낯선 도시에서 잠깐 삼사십 분 정도 사부작 걷는데
어디선가 불어오는 미풍에 복잡한 생각이 스르르 사라지고
인생 별거 있나 잠시 이렇게 좋으면 되는 거지.
그 삼사십 분 같아, 도우 씨 보고 있으면."

– 〈공항 가는 길〉

빡빡한 삶을 리셋해주는 잠깐의 일탈

공항 가는 걸 좋아한다. 딱히 여행 때문에 가는 게 아니더라도 그렇다. 누군가를 배웅하기 위해, 혹은 마중하기 위해 차를 몰고 공항으로 가는 전용도로를 달릴 때면 괜스레 마음이 설렌다. 저 멀리 보이는 지평선과 활주로를 달려 날아오르는 비행기들, 그 비행기가 점점이 멀어져갈 때 문득 보게 되는 파란 하늘과 그 위로 쓰러지면 넉넉히 안아줄 것처럼 푹신하게 몽글몽글 피어난 구름들. 그런 것들이 새삼스럽게 느껴지며 발끝에서부터 설렘이 찌르르하고 가슴까지 차오른다. 그러다 문득 이런 생각이 든다. 하늘을 올려다본 지 얼마나 됐지?

공항은 일탈의 공간이다. 물론 잠깐 동안의 일탈이지만, 돌아올 걸 알면서도 떠나는 마음은 대책 없이 설렌디. 삼삼오오 모여 여행을 떠나는 이들에게는 일상에서 느껴지는 무거운 공기가 없다. 풍선에 헬륨가스를 넣은 것처럼 가볍게 훌훌 날아오를 것 같은 경쾌함이 묻어난다. 도심에서 떨어져 나와 낯선 곳에 있다는 사실이 주는 기분 좋은 일탈감이 있다.

그래서 〈공항 가는 길〉이라는 드라마는 제목 때문에 더 큰 기대감을 안고 보게 됐다. 유부녀인 최수아^{김하늘}가 유부남 서도우^{이상윤}라는 남자를 만나 일탈하는 이른바 '불륜 드라마'였지만 그런 건 아무래도 좋았다. 다행스럽게도 드라마는 불륜보다 '일탈'을 보여주는 공간들을 섬세한 연출로 담아냈다.

한강을 바라보며 전화 통화를 할 때나, 햇살 좋은 어느 날 고택의 툇마루에 앉아 선선히 불어오는 바람을 맞을 때의 느낌, 좁은 골목길을 걸을 때의 아늑함, 허허벌판에 불어오는 조용한 바람과 하늘을 가르는 전깃줄 위에 다닥다닥 붙어 있는 새들……. 드라마 내용과 상관없이 그런 풍경들을 보고 있는 것만으로도 꽤 즐거웠다. 그건 여행의 기억을 떠올리게 하는 것들이었다.

하루하루가 너무나 빠르게 지나가고, 마음의 여유를 찾기가 쉽지 않다. 그래서 갖게 된 습관 하나가 있다. 누군가와 만날 약속을 했을 때 무조건 삼십 분 일찍 그곳에 가는 것이다. 삼십 분 일찍 도착하면 이상하게도 마음에 여유 같은 게 생긴다. 짧은 시간이지만 그 동네 골목골목을 아무런 목적 없이 걸어 다닌다. 가게들을 구경하고 그곳에 어떤 사람들이 있는지 들여다본다. 바쁠 때는 고개 젖힐 여유도 없어 보지 못했던 하늘도 쳐다보고, 구불구불한 골목길이 주는 곡선의 여유도 느껴본다. 그렇게 삼십 분을 둘러보다 약속장소로 가면 그날 만나는 사람이 달라 보인다.

고등학교 때 마음이 답답할 때면 아무 버스나 타고 종점까지 가곤 했다. 물론 지금이야 버스 종점이 종점이라는 단어에 걸맞지 않은 동네인 경우가 많지만, 그때는 버스 종점이 있는 마을은 진짜 '끝' 같은 분위기가 있었다. 도시에서 벗어나 인적이 드문 낯선 종점에 내려 아무 생각 없이 걷다 보면 그간 보지 못했던 풍경들이 눈에 들어온다. 길게 뻗은 논과 어디론가 계속 이어지는 전봇대의 전깃줄, 다소 퇴락한 시골 매점과 느티나무 밑에 삼삼오오 모여 앉아 뜨거운 한낮의 무료함을 막걸리 한 사발에 풀어내는 어르신들……. 그런 풍경을 보다 버스를 타고 돌아오면 늘 보던 가족들도, 친구들도 달라 보였다.

아마도 그건 내 마음이 달라져서일 게다. 고개 한번 쳐들어 하늘을 올려다보는 데 드는 시간은 일 분 남짓이고, 약속 시간에 먼저 도착해 그곳을 둘러보는 데 드는 시간은 삼십 분 남짓이며, 만일 반나절 정도의 시간을 들인다면 아무 버스나 타고 종점까지 갔다 올 수 있다. 그리 긴 시간이 아닌데도 그런 잠깐의 일탈이 빡빡한 삶을 리셋 해준다. 꼭 어딜 떠나기 위해 공항에 갈 필요는 없다. 공항 가는 길 그 자체가 떠나는 일일 수 있으니.

"기억이란 늘 제멋대로다.
지난날의 보잘것없는 일상까지도
기억이란 필터를 거치고 나면 흐뭇해진다.
기억이란 늘 제멋대로여서
지금의 나를 미래의 내가 제대로 알 리 없다.
먼 훗날 나는 이때의 나를 어떻게 기억할까?"

- 〈연애시대〉

반지하에 가끔 들어오는 햇빛

봉준호 감독의 영화 〈기생충〉을 보면서 이십대에 역삼동 반지하에서 살았던 시절이 떠올랐다. 본래 그 반지하는 주거공간이 아니라 그 빌라의 주택 하나당 하나씩 구비된 일종의 창고였다. 그런데 그곳에 한 사람, 두 사람 세를 들면서 주거공간이 됐다. 한참 소설가가 되겠다며 입에 담배를 물고 살던 그때, 나도 그중 방 한 칸을 차지했다.

그 집에서 가장 인상적인 건 공용화장실이었다. 반지하의 중간쯤에 있던 공용화장실은 반지하 세입자(?)들을 위해 임시로 계단 밑에 만들어진 것이었는데, 문을 열면 오르는 계단이 있고 그 꼭대기에 변기가 놓여 있었다. 그래서 화장실에 처음 들어갔을 때 나는 그 왕좌처럼 계단 위에 놓인 변기를 보며 피식피식 새어나오는 웃음을 참을 수 없었다. 계단 꼭대기에 올라 변기에 앉으면 기분이 꼭 왕좌에 앉은 듯했다. 문제는 누군가 노크를 할 때였는데, 계단을 내려가서 문을 두드릴 수도 없고 그렇다고 "안에 있어요." 하고 소리를 치기도 뭐해서 난감했다. 결국 가만히 있으면 알아서 돌아갔다. 아마도 그 역시 그 왕좌 같은 변기에 앉아 누군가 노크했을 때의 당혹감을 알았을 터였다.

생각해보면 그 반지하 생활은 결코 좋을 리가 없었다. 햇빛이 잘 들지 않아 옆방에 지낸 사내의 얼굴에는 늘 그늘이 드리워져 있었다. 역삼동이라는 강남 한복판 반지하에 사는 이들은 대부분 서비스업에 종사하는 이들이었다. 옆방 사내는 단란주점에 술을 배급하는 일을 하고 있었고, 그 옆방에 사는 누나는 무슨 일인지 저녁에 출근했다가 아침이면 집으로 돌아왔다. 한여름 장마철이 되면 종종 한강의 수위가 넘는 경우가 있었는데 그럴 때마다 불안했다. 뉴스에서는 아침에 일어나서 침대 밑에 발을 디뎠더니 물이 차 있더라는 뉴스가 흘러나오곤 했다. 그것이 반지하 생활의 실상이었다.

어느 날은 갑작스런 가슴 통증으로 숨을 쉬지 못해 죽

을 것 같았다. 숨이 막혀 시골에 계신 어머니께 전화를 했는데 이십 분도 채 안 돼서 누군가 문을 두드렸다. 서울에 연고가 전혀 없는 상황에 누굴까 했는데 알고 보니 그 집을 계약할 때 찾았던 부동산 아저씨였다. 어머니가 급박해서 부동산에 전화해 도움을 요청한 거였다. 그 아저씨 덕분에 병원에 다녀온 후 나는 한동안 반지하 생활을 꽤 살풍경하게 느꼈던 것으로 기억한다.

아이러니하게도 그곳에 살고 있을 때 지금의 아내를 만났다. 우리는 같은 학원에 다니며 영화 시나리오를 공부하고 있었다. 그런데 놀라웠던 건 혼자 지낼 때는 잿빛 같았던 반지하 방이 아내가 찾아와 함께 밥을 먹고 차를 마시고 하면서 전혀 다른 공간으로 변모했다는 것이다. 나는 지금도 내가 아내와 결혼하게 된 이유가 바로 그때의 경험 때문이라 생각한다. 반지하의 냉기를 순식간에 따뜻한 온기로 변하게 한 존재를 어떻게 사랑하지 않을 수 있을까?

그로부터 이십 년 정도가 흘렀고 아내와 〈기생충〉을 보면서 그때의 반지하 생활에 대해 이야기했다. "내가 왜 그랬는지 몰라. 정말 겁도 없었어." 아내는 그때를 회상하며 그렇게 말했다. 나 역시 그랬다. 실제로 정말 살풍경한 장소였지만, 지금은 당시의 경험들이 계단 꼭대기에 놓인 변기처럼 우습기도 하고 아내와 한끼 밥을 나누던 포만감과 행복감으로 기억된다. 기억이라는 필터가 만들어내는 마법이다.

아픈 기억들을 온전히 기억하면서 살아가는 건 불가능할 게다. 실제로 너무 아픈 상처들은 트라우마로 남아 지워지지 않고, 그렇게 망각되지 않는 기억은 그 사람조차 무너뜨린다. 나이들면서 삶이 결코 쉽지 않다는 걸 실감한다. 하지만 놀랍게도 기억은 우리의 삶에서 고통보다는 행복했던 시간을 기억에 남기는 마법을 발휘한다. 그래서 우리는 힘들 걸 알면서도 앞으로 나아갈 수 있다. 그러니 지금의 괴로움이나 고통 또한 지나고 나면 아마도 웃을 수 있는 어떤 것이 되지 않을까?

"나는요, 나중에 아주 나중에 내 식당을 열면은요. 홀에 테이블 딱 하나만 둘 거예요. 주방에 셰프도 한 명, 홀에 테이블도 하나. 진짜 쬐끔한 식당이지만 그래서 하루에 한 테이블밖에 못 받지만 그 시간만큼은 그 손님들을 위한 요리를 할 거예요. 내 취향, 내 레시피 그런 거 다 무시하구요. 그냥 해달라는 대로 짜게 해 달라 그러면 짜게 해주고, 달게 해 달라 그러면 달게 해주고, 그냥 이게 제대로 된 맛이네, 뭐 이런 순서대로 먹어야 되네 그런 거 다 무시하고요. 서빙도 내가 하구. 그냥 집 식구 대하듯이 그렇게 그냥."

"딱 동네 분식집이네. 망한다, 한 달 안에."

- 〈파스타〉

맛의 삼각형

와인에 대해 공부하면서 배우게 된 이른바 '맛의 삼각형'은 내게 인생을 바라보는 중요한 하나의 관점을 제시해주었다. 와인은 세 가지 맛이 기본이 된다. 탄닌의 쓴맛, 알코올의 단맛, 그리고 산도에서 나오는 신맛이 그것이다. 쓴맛과 단맛 그리고 신맛의 조화가 와인의 맛을 좌우한다.

　실제 와인이 포도 품종에 따라 숙성해가며 내는 맛의 균형을 느껴가면서 이 '맛의 삼각형'은 내게 와인의 품질을 파악하는 좋은 기준이 되어주었다. 어떤 건 쓴맛이 강하고 어떤 건 신맛이 도드라지고 어떤 건 단맛이 강하지만 어느 한쪽으로 치우친 맛은 결코 조화로운 와인의 맛이 아니었다. 그 세 가지 맛이 적절히 균형을 이뤄야 비로소 좋은 와인이 되었다.

흥미로웠던 건 우리가 주로 많이 마시는 보르도의 까베르네 소비뇽이란 포도 품종을 중심으로 하는 묵직한 맛의 와인이 숙성에 따라 맛이 변화한다는 사실이었다. 아주 유명한 프랑스의 샤또 와인들은 수십 년을 묵혀야 비로소 진짜 맛을 내는데, 너무 일찍 와인을 오픈하면 떫은맛만 낸다고 한다. 까베르네 소비뇽이라는 품종은 탄닌 성분이 떫은 쓴맛을 내는데, 그래서 오랜 숙성시간이 필요하다. 처음에는 떫어서 입에 대기 어려울 정도지만 시간이 흘러 숙성되면 그 묵직함에 마치 실크 같은 부드러움이 얹어지는 맛이 난다.

와인에서 숙성이라는 개념은 마치 우리네 삶을 그대로 연상시키는 면이 있다. 젊어서부터 반짝반짝 빛나는 사람도 있지만, 젊어서는 그다지 주목을 받지 못했지만 나이가 들어가면서 빛을 발하는 이도 있다. 결국 모든 사람은 저마다의 성품에 따라 빛나는 시기가 따로 있다는 것.

그러고 보면 맛 삼각형의 쓴맛, 단맛, 신맛은 우리가 사는 삶의 맛 그대로다. 어떨 때는 다디달고 어떤 때는 너무 시고 어떨 때는 버티기 힘들 정도로 쓰다. 하지만 그런 인생의 쓴맛과 단맛과 신맛을 거치며 우리는 조금씩 성숙해간다. 그래서 삶을 온전히 정직하게 살아낸 분들의 말씀은 엄청난 명대사가 아닌데도 우리의 마음을 먹먹하게 만든다. 그분 인생의 쓴맛, 단맛, 신맛이 어우러진 말이기 때문에 같은 말이라도 무게가 달리 느껴진다.

와인의 맛을 조금씩 느끼기 시작하면서 나는 자주 파스타를 만들어 먹었다. 이상하게도 와인 하면 나는 파스타를 떠올린다. 파스타와 곁들인 와인 한 잔은 정말 최고다. 드라마 〈파스타〉에서 전쟁처럼 파스타를 끓여내는 주방의 이야기를 보면서 나는 파스타를 만들기 시작했다. 잘 만들지는 못했지만 파스타라는 것이 적당한 마늘과 좋은 올리브 오일만 있어도 와인과 곁들이면 충분히 맛있다는 걸 나와 아내는 알고 있었다. 아내는 레스토랑에서 파는 파스타 맛은 아니지만 맛있다며 먹어주었다.

파스타를 만들면서 와인만이 아니라 음식의 맛 역시 '맛의 삼각형' 안에 들어온다는 걸 알았다. 제아무리 맛없는 와인도, 파스타도 그 맛의 삼각형이 있기 마련이다. 어떤 건 지나치게 시거나 쓰거나 달았지만 대부분의 음식들은 그 맛의 삼각형 안에 있었다. 결국 음식의 좋은 맛이란 세 가지 맛의 균형과 조화에 있다는 것이다.

내게 와인을 가르쳐준 선생님께 도대체 수백만 원씩 하는 와인과 몇만 원 하는 와인의 차이는 뭐냐고 질문한 적이 있다. 선생님은 말씀하셨다. "수백만 원씩 하는 와인과 몇만 원 하는 와인의 차이는 그 삼각형의 크기에 달려 있는 거예요. 훨씬 더 큰 삼각형을 그리는 와인이 있고 좀 작은 삼각형을 그리는 와인이 있다는 거죠. 그래서 좋은 와인과 나쁜 와인을 구별하는 건 가격이 아닙니다. 삼각형이 제대로 그려져 있느냐, 아니면 치우쳐져 있느냐의 문제죠."

큰 삼각형을 그리고 있어도 맛이 치우쳐져 있으면 좋은 와인이 아니라는 거였고, 작은 삼각형을 그리고 있어도 균형을 이루고 있다면 좋은 와인이라는 이야기였다.

나는 이 와인의 이야기가 우리의 이야기라는 생각이 들었다. 우리 모두는 성공하고 싶고 더 많은 돈을 벌고 싶고 유명해지고 싶어 한다. 하지만 어느 한 가지가 그 사람의 삶의 가치를 평가하는 건 아니다. 삶의 크기가 작을지라도 나름의 균형 있는 삼각형을 이루고 있는 삶이라면 충분히 가치 있는 삶이라는 것. 비록 작은 삼각형의 파스타라도 기꺼이 맛있게 먹어주는 사람이 있다면 행복한 삶이다.

"그럼 뭐 정금자라는 이름은 진짜야?"

"가짜야. 돈 주고 지은 이름이야."

"당신 인생에서 뭐 진짜라는 게 있기는 한 거야?"

"지금 이 순간 너를 보고 있는 나는 진짜지. 과거의 나도, 미래의 나도 내가 아니야. 알겠어, 윤희재 씨?"

"난 과거의 나도, 미래의 나도 나야. 그게 당신과 나의 크나큰 차이지. 지금 현재만 사는 당신, 그거 불행한 거야."

– 〈하이에나〉

현재만 사는 당신, 그거 불행한 거야

나는 다이어리를 잘 쓰지 않는다. 어려서 글씨에 대한 트라우마 때문에 악필이 되면서 그렇게 됐다. 하지만 아내는 다이어리 중독이라고 해도 좋을 만큼 많은 다이어리를 동시에 쓴다. 매년 새해가 되면 대여섯 권의 다이어리를 사서 메모를 시작한다. 뭘 그렇게 쓸 게 많으냐고 물으면, 용도가 다 다르다며 아이디어를 적는 다이어리와 오늘 하루 있었던 일을 적는 일기장 같은 다이어리, 또 일에 대한 계획을 적는 다이어리 등등을 설명해준다.

나는 다이어리 대신 캘린더에 해야 할 일들과 약속을 메모하는 편이다. 최근에는 모바일용으로 나오는 디지털

캘린더가 있어서 주로 그걸 활용한다. 한 해가 지나고 새해가 될 때 그 캘린더들을 월별로 다시 들여다본 적이 있다. 특별히 한 일 없이 한 해가 훌쩍 지나간 것 같지만 그걸 보니 많은 일이 있었고 꽤 많은 인연이 이어졌다는 걸 알 수 있었다.

이른바 욜로(YOLO, You Only Live Once) 열풍이 불면서 '현재를 살라'는 것이 마치 우리 시대의 강령처럼 느껴지지만, 나는 다이어리를 꽉 채우는 자잘한 과거들이 모여서 현재를 만들고, 그 현재가 미래를 만든다고 생각하는 쪽이다.

〈하이에나〉에서 과거를 애써 부정한 채 현재만 살아가는 정금자(김혜수)에게 윤희재(주지훈)가 **"그거 불행한 거야"**라고 말했을 때 나는 크게 공감했다. 과거의 아픔이 너무 커서 현재만 살려는 마음이야 이해 못할 바 아니다. 힘든 과거에 집착해 현재의 발목을 잡는 건 현명하지 못한 삶이라는 것도 안다. 하지만 때론 어떤 과거의 한 기억이 있어 현재의 나를 지탱해주기도 한다.

살기 퍽퍽해질 때마다 나는 본능적으로 떠올리는 기억이 있다. 어린 날 보았던 너무도 고요했던 산사(山寺)의 모습이다. 찾아오는 이도 거의 없어 비구니 주지 스님과 나만 있었던 그곳에서의 며칠은 매우 특별했다. 어머니는 잘 알고 지내던 주지 스님에게 나를 며칠 맡기셨다. 나는 어머니와 그곳을 집처럼 자주 드나들었던 터라 선선이 어머니를 배웅해주었다. 산은 그때 내게 놀이터나 다름없었다.

그 산사의 기억 중 선명하게 떠오르는 두 개의 이미지가 있다. 하나는 약수터에서 튀어 오르던 개구리들이다. 산에서 흘러내리는 물줄기를 받아 고이게 만든 약수터에는 나무로 된 문짝이 있었는데, 그 문짝을 열면 끼이익 하는 소리와 함께 안에 있던 개구리들이 튀어 오르곤 했다. 처음에는 깜짝 놀랐는데, 그다음부터는 그게 재밌어서 자꾸만 문짝을 열게 되었다. 가끔 힘이 빠질 때 나는 이 기억을 떠올린다. 갑자기 개구리가 튀어 오르며 느껴지던 그 팽팽한 탄력감과 약수터에서 훅 끼쳐오던 냉기의 서늘함이 기분 좋은 긴장감을 만들어주기 때문이다.

또 하나의 이미지는 스님의 서늘한 도포자루가 내 뺨에 스치던 모습과 그 느낌이다. 너무나 조용한 산속에서 밤이면 촛불 하나에 의지해야 했던 그 시간이 나는 조금 무서웠던 것 같다. 그래서 촛불을 켜면 비춰지는 불빛 속에 누워 잠을 청했다. 그래도 촛불의 빛이 닿지 않는 저편 어둠 속에서 무언가가 튀어나올 것만 같았다. 그 두려움을 잊기 위해 나는 목탁소리에 집중하려 했다. 스님이 밤에 똑똑 두드리던 목탁소리, 간간히 바람에 부딪히는 풍경소리가 어둠이 갉아먹고 들어오는 내 머릿속을 깨워줬다.

그리고 어느 순간 목탁소리가 멈추고, 조금 지나 방문이 열렸다. 열린 문틈으로 밤바람이 스며들었고, 스님의 따뜻한 손이 내 이마에 닿았다. 그때 슬쩍 스치던 도포자루의 서늘함이 참 좋았다. 그렇게 내가 잘 자고 있는지 확인한 스님은 방문을 닫고 돌아가셨다. 가끔 너무 긴장하게 되는 순간이 될 때 나는 이 기억을 떠올린다. 그때의 서늘한 도포자루와 따뜻한 스님의 손을 떠올리면 마음이 편안해졌다.

사실 그건 별것도 아닌 경험이고 기억일 수 있다. 하지만 내 과거의 그 작은 경험이 현재에 부여하는 힘은 의외로 크다. 그때의 고요함과 편안함, 정적 속에서 튀어 오르는 팽팽함, 두려움과 함께 전해지던 미지의 세계에 대한 설렘, 그리고 서늘함이 있어 더 선명하게 느껴지던 따뜻함 같은 것들은 현재에 내가 마주하는 어떤 상황 속에서 나를 흔들리지 않게 잡아주는 힘이 된다.

그리고 나는 종종 생각한다. 그 이미지들이 아주 먼 미래에도 나의 모습을 그려낼 것이라고. 마치 강물에 단절이 있을 수 없듯이 과거와 현재와 미래는 그렇게 흘러가는 것 일지도.

"뭐 하고 있나? 증명한다면서? 뭐가 두려워? 차라리 무릎을 꿇고 읍소를 하는 게 어떻겠냐, 조사받고 싶지 않다고."

"교수님과 제가 이런 순간까지 온 게 슬프네요."

"……그게 누구 탓이냐?"

〈zinu님과 tester_103님이 동맹이 되셨습니다〉

"교수님은 이제부터 저랑 운명을 같이하시는 겁니다. 동맹이니까요. 같이 죽고, 같이 사는 겁니다. 끝까지 같이 가시죠."

- 〈알함브라 궁전의 추억〉

같이 죽고, 같이 사는 겁니다.
동맹이니까요

아들이 게임에 푹 빠졌다. 스마트폰을 끼고 다니고, 점점 가족 얼굴을 보는 시간보다 스마트폰을 들여다보는 시간이 늘어났다. 슬슬 걱정이 되기 시작했다. 뉴스에서 게임에 빠진 아이들이 휴대폰 요금 폭탄을 맞았다거나, 학업을 포기한 채 PC방에서 거의 살다시피 하는 실태가 나올 때마다 마음이 불안해졌다. 하지 말라고 막으면 더 엇나갈 수 있다는 아내의 말을 듣고 나는 어쩔 수 없이 아들과 게임을 같이 해보기로 했다.

처음 같이 한 게임은 '클래시 오브 클랜'으로, 자기만의 왕국을 꾸미며 다른 유저들과 대결하는 게임이었다. 게임은 꽤 재밌었다. 하지만 내 목적은 게임을 즐기는 게 아니라 아들과 대화를 나누는 것이었다. 다행히도 최근 게임들은 이른바 '클랜'을 조직할 수 있고 이를 통해 실시간 채팅이 가능했다. 아들과 클랜을 조직한 후 우린 더 자주 대화하게 됐다. 대화 주제는 당연하게도 게임이었다. 어떻게 하면 더 잘할 수 있는지에 대해 이야기했다.

'클래시 오브 클랜'에서 '클래시 로열'이라는 대전 게임을 내놨을 때 우리는 게임을 갈아탔다. 그리고 같은 클랜으로 팀이 되어 다른 팀과 2 대 2 대전을 자주 했다. 그 후에도 '브롤 스타즈', '펜타스톰' 같은 다양한 게임을 아들과 함께 했다. '펜타스톰'은 다섯 명이 팀을 짜 5 대 5 대전을 하는 게임이었는데, 각 캐릭터에 따른 다양한 능력치들을 이해해야 했고 협업을 잘해야 승리할 수 있었다. 모바일 게임 조작이 익숙하지 않은 나는 자주 다른 팀원들로부터 댓글 욕을 들어야 했다. 그럴 때마다 같이 게임을 한 아들이 나를 위로해줬다. **"아빠, 욕도 자주 들으면 굳은살처럼 단단해져."**

가끔 학부모들을 위한 강연을 할 때면 게임에 빠진 아이 때문에 고민인데 어떻게 해야 하냐는 질문을 받곤 했다. 사실 아들과 게임을 같이 해보기 전만 해도 그런 질문에 어떤 답변을 해야 할지 난감했다. 하지만 아들과 게임을 같이 해보면서 알게 된 건, 부모가 해보지 않았기 때문에 막연한 불안감과 걱정이 더 크다는 것이었다. 게임을 해보니 어째서 그렇게 빠져드는지 알 수 있었다. 나 역시 푹 빠져버렸으니 말이다. 그래서 이제는 그런 질문을 받으면 거꾸로 되묻는다. "혹시 아이와 함께 게임을 해본 적 있으신가요?"

어느 날 클랜에 아들의 친구가 가입신청을 해왔다. 아들이 허락하라고 해서 가입하게 해줬더니 그 친구가 내게 채팅으로 인사를 해왔다. 이후 나는 아들 친구와도 함께 게임하면서 자연스럽게 이런저런 다른 대화도 할 수 있게 되었다. 나는 슬쩍 아들이 학교에서는 공부를 열심히 하는지, 학교 생활하는 데 문제는 없는지 물어봤다. 그러자 아들 친구가 잘 생활하고 있다고 말해줬는데 그게 그렇게 기분이 좋을 수가 없었다.

그러던 어느 날 정말 재밌는 일이 벌어졌다. 아들 친구의 아버지가 클랜으로 들어온 거였다. 그런데 그 아버지의 레벨이 '만렙'이었다. 고양시에 있는 어느 금융권 지점장으로 있다고 들었는데 언제 그렇게 게임을 해서 레벨을 높였을까 싶었다. 그 아버지에게 게임 관련 노하우를 묻다가 어느 날 "시간 괜찮으시면 맥주 한잔할까요?"라고 제안하여 만나게 되었다. 동네 호프집에서 만난 아빠들은 보통이라면 '요즘 애들이 게임에 빠져서 큰일이다' 이런 이야기를 했겠지만, 그날 우리는 두 시간 가까이 게임 이야기만 했다. 그날 술에 취해 집으로 돌아오면서 나는 알았다. 어느새 내가 게임의 세계 깊숙이 들어와 있다는 걸.

〈알함브라 궁전의 추억〉이라는 게임 소재 드라마가 나왔을 때 아들은 그 세계가 '포켓몬고'에서 아이디어를 얻었을 거라고 했다. 우리는 이 드라마의 증강현실이라는 아이디어가 현재 게임과 다양한 분야에서 어떻게 활용되고 있는지에 대해 이야기를 나눴다. 드라마 속 주인공인 유진우^{현빈}는 게임에서 빠져나오지 못하고 NPC(Non Player Character)에게 계속 공격당하는 상황에 몰린다. 그런 경험을 하지 못한 타인들은 그런 유진우를 '미친 사람' 취급했다. 유진우가 운영하는 게임회사의 투자자이자 친구 아버지인 차병준^{김의성}이 그 말을 믿지 못하자 그걸 증명하기 위해 유진우는 차병준을 동맹으로 끌어들인다. 그러자 유진우에게 벌어지고 있는 일들이 차병준에게도 똑같이 벌어지게 된다.

세상에는 동맹이어야 알 수 있는 세계가 있다. 낯선 지

대에 들어가 보지 않고는 그곳에서 살아가는 이들을 이해
할 수 없다. 동맹 바깥에서 바라보며 느끼는 막연한 불안
과 공포는 자칫 혐오로 이어질 수 있다. 그러니 진정으로
소통하고 관계하려면 **동맹**이 되어야 한다. 바깥에서 걱정
만 하며 서성댈 것이 아니라. 이건 비단 게임만의 이야기
는 아니다.

어느 비 내리는 날 아이가 우산을 안 가져갔다는 걸 알고는 아내가 전화를 했다. 수업이 끝날 때쯤 우산을 챙겨서 학교에 가달라는 거였다. 우산을 챙겨들고 학교로 가면서 문득 그런 길을 걸었을 어머니가 떠올랐다. 그 마음이 새삼스러웠다. 혹여 자식이 비를 맞을까 부랴부랴 우산을 챙겨 시간 맞춰 달려왔던 그 마음이.

Part 3.

"참, 근데 우리 시어머니는 나 밥 먹을 때 내 밥그릇도 뺏어서 동네 개를 줬다. 그 이야기 꼭 써."

"아휴. 그건 막장드라마잖아요, 막장. 이모들이 하는 얘기는 전부 막장이잖아."

"인생은 막장이야."

"나는 내 소설에 나오는 어른들이 좀 예뻤으면 좋겠어요. 애들도 읽고 좀 편하게. 얼마나 좋아. 내가 왜 구질구질하게 그런 얘기를 다 써야 돼? 신세한탄, 이모들 잔혹동화 같은 인생사, 짠하고 슬프고 비참하고 막 가슴 아파가지고 이게 들을 수도 없는 얘기. 재미없게."

"그게 진실이니까. 그게 우리 늙은이들의 삶이니까."

– 〈디어 마이 프렌즈〉

인생은 아름다워?

"내가 네 에미다."

언제가부터 이 말은 이른바 막장드라마를 상징하는 대사가 되었다. '출생의 비밀'은 한때 드라마 시청률을 높이려면 반드시 있어야 하는 코드처럼 자리하기도 했다. 그리고 '알고 보니 ○○였다'는 출생에 얽힌 사연은 눈물과 충격을 주는 드라마의 장치에서 점점 희화화되어 이제 개그프로그램의 단골소재가 될 정도가 됐다. 또, 막장드라마에 자주 등장하는 대사로 "네까짓 게"가 있다. 이 대사는 속물적인 선민의식을 가진 부모가 자식의 배우자의 배경을 깔보며 주로 사용한다.

"내가 네 에미다" 같은 '알고 보니 ○○였다'식의 출생의 비밀이 막장드라마로 불리는 이유는 그 지나친 우연의 연속 때문이다. 과연 저런 일이 실제로 벌어질 수 있을까 싶은, 개연성 제로의 이야기. '네까짓 게' 같은 시청자들의 뒷목을 잡게 만드는 인물을 막장으로 부르는 이유는 몰상식하며 비윤리적이고 비도덕적인 캐릭터에 대한 반감 때문이다. 어쨌든 우리가 삶에서 결코 마주하고 싶지 않은 그런 순간들을 상투적 코드로 쓰는 드라마들에 우리는 '막장'이라는 수식어를 붙이게 됐다.

하지만 잘 생각해보면 삶이 그렇게 논리적이고 개연성 있게 굴러가지 않는다는 걸 우리는 경험적으로 알고 있다. 열심히 성실하게 노력하는 사람이 모두 성공하는 것도 아니고, 남녀 간의 사랑은 해피엔딩보다 새드엔딩이 더 많다. 그토록 보기 싫은 갑질들을 우리 사회 도처에서 경험하게 된다. 자식을 위해 헌신하는 부모도 있지만, 그것이 모든 부모의 이야기는 아니다. 화목하게 사는 가정만큼, 가족 간에 지지고 볶는 가정도 얼마나 많은가.

신종 코로나 바이러스로 전국이 비상상황에 들어갔을 때, 확진자가 쏟아져 나오는 대구가 고향인 한 대학 동기는 어머니가 너무나 걱정돼 서울에 있는 자신의 자취집으로 모셨다고 했다. 단톡방에 올라온 동기의 그 이야기에 친구들의 칭찬이 잇따랐다. "너무 잘했다"는 거였다. 하지만 동기의 말이 압권이었다. 비혼으로 혼자인 동기는 어머니와 한 달 가까이 지내는 게 너무나 고역이라고 했다. 그리고 결혼을 해 가족을 꾸려 지내는 친구들에게 새삼 '존경한다'고 적었다. 걱정되는 마음에 어머니를 모셨지만 막상 함께 지내며 발생하는 갈등들이 현실적인 그림으로 그려졌다. 인생은 아름답다고? 물론 아름답지만, 꼭 그런 것만은 아니다.

가끔 어머니는 술을 한 잔 드시고 잘 하지 않던 자신의 젊은 시절 이야기를 꺼내놓았다. 당장 입에 풀칠하는 게 중요했던 그때 어머니는 한 이모님이 낸 동대문의 가게에서 일을 도와줬다고 했다. 한번은 이모님이 어머니에게 외상으로 옷을 대주던 거래처 사장이 쫄딱 망해서 돈을 못 받게 되었다고 푸념했다고 했다. 그 말을 들은 어머니는 그 사장의 집을 찾아가 결국 돈을 받아냈었다며 그때의 젊은 치기를 웃으며 말씀해주셨다. 하지만 가만히 생각해보면 젊은 나이에 너무 험한 일을 겪었다 싶다.

〈디어 마이 프렌즈〉에서 박완^{고현정}은 나이든 이모님들의 이야기를 책으로 쓰려고 한자리에 모았다. 하지만 이모님들이 너무나 구구절절한 이야기들을 꺼내놓자 그런 이야기를 자기가 왜 써야 하냐고 발끈한다. 그 대목에서 나는 삶과 작품 사이에 놓인 어떤 괴리 같은 걸 느꼈다. 그때 투덜대는 박완에게 이모님들이 이구동성으로 **"인생은 막장이야"**라고 하는 장면이 인상적이었다. 인생은 그 속을 자세히 들여다보면 결코 아름답지 않다. 오히려 치열한 '사랑과 전쟁'의 연속처럼 보인다.

하지만 그럼에도 불구하고 인생은 아름답다고 말하는 건 아마도 오랜 시간이 지난 후 그 치열했던 삶을 애써 좋은 기억으로 포장하고 나름의 개연성 있는 의미들로 보려는 의식적인 노력 때문이 아닐까? 그리고 이런 의식적인 노력의 다른 말은 '예술'일 게다. 무의미하고 아무 맥락 없이 전개되어온 삶이지만, 그것을 맥락으로 엮어 아름다움과 의미를 찾으려는 의식적인 노력이 있어 인생은 비로소 아름답다.

"비를 맞고 돌아오는 저녁, 당신의 우산이 되어주는 건 무엇인가요? 부르면 대답하는 목소리. 같은 시간에 같은 걸 봤던 기억. 처음 속도를 맞춰 걷던 순간 같은 것들. 누군가가 생각나시나요? 그래요, 바로 그 사람이에요. 첫 곡 들려드릴게요."

– 〈쓸쓸하고 찬란하신 도깨비〉

당신의 우산이 되어주는 건
무엇인가요?

어린 시절에는 밥은 때 되면 나오는 것인 줄 알았다. 그래서 아침이 되면 밥 먹고 가라는 어머니의 말이 그저 잔소리처럼 들렸다. 심지어 밥 먹으면 지각한다고 짜증을 내기도 했다. 지가 늦게 일어난 건 생각도 않고.

옷도 언제든 필요하면 가질 수 있는 것이라고 생각했다. 부모님이 양품점을 하셨기 때문에 늘 옷은 널려 있었고, 그것도 유행에 맞춰진 것들이었다. 매일 새벽같이 서울 평화시장에 가서 옷을 떼와 팔았으니 안성 같은 당시로는 시골에서 얼마나 유행의 첨단을 달렸겠나? 어린 시절 흑백사진을 보면 청바지에 보안관 배지가 달린 조끼를 입고 시골길을 달리고 있는 내 모습이 이색적으로 보인다. 그래서 가끔 어머니가 새 옷을 사주겠다고 하면 귀찮다며 마다했었다.

초등학교 3학년 겨울방학 때 서울로 유학 와서 처음 지낸 곳은 광화문에 있는 자취집이었다. 그 자취집에서 십여 차례 이사를 다니다 보니 강남에 집 한 채가 생겼다. 물론 그때는 집값이 이렇게 오를 줄 상상도 못했다. 그래서 결혼을 앞두고 있을 때 나는 집 걱정이 없었다. 아버지가 나에게 그 집을 물려주겠다고 해서였다.

사실 어려서부터 대학을 졸업할 때까지 간간이 어려움은 있었지만 그래도 별 부족함이 없는 삶을 살았다. 딱

히 배곯지 않았고 남이 보기에 손가락질 하지 않을 정도로 입었고 으리으리한 집은 아니어도 늘 따뜻한 집에서 살았다. 게다가 막내였던지라 집안이 어렵던 시절조차 형과 누나가 바람막이가 되어주었으니 무슨 어려움이 있었겠나.

결혼 즈음해서 집안 사정이 많이 안 좋아졌다. 그래도 부모님은 강남 집에 신혼살림을 차리라 했지만 나는 도저히 그럴 수가 없었다. 결국 집을 팔아 부모님에게 보내고 작은 전셋집으로 들어갔다. 젊어서 고생은 사서도 한다고 꽤 힘들었던 것 같은데 사랑하는 아내와 함께 있으니 그조차 잘 버텨낼 수 있었다. 작가로 살겠다는 나를 아내는 직장생활을 하면서 지지해줬다. 본인 역시 작가가 꿈이었던

아내였다.

　세상 모는 일이 저절로 굴러간다 생각했지만 그렇지 않다는 걸 깨닫게 된 건 아이들이 생기면서부터였다. 가만히 있어도 밥이 나오고 옷이 나오고 집이 생기는 게 아니었다. 아침 일찍 일어나 피곤한 몸을 이끌고 밥을 해야 하고, 따뜻한 옷을 마련하려면 돈을 벌어야 하고, 집을 얻기 위해서는 은행에 일생일대의 빚을 져가며 버텨내야 했다. 나는 모르고 있었지만 세상에는 계속 비가 내리고 있었다. 다만 내 주변의 누군가가 나도 모르게 우산을 받쳐주고 있었을 뿐이었다.

　〈쓸쓸하고 찬란하신 도깨비〉에서 도깨비 김신^{공유}이 훗날 도깨비 신부가 될 지은탁^{김고은}을 만나는 날 비가 내렸다. 슬로우모션으로 두 사람이 지나치는 그 장면 속에서 우산도 없이 비를 맞고 걸어가는 지은탁을 우산을 든 김신이 멈춰 서서 돌아본다. 그는 이제 운명처럼 지은탁에게 내리고 있는 비를 막아줄 우산이 될 참이었다.

　어느 비 내리는 날 아이가 우산을 안 가져갔다는 걸 알고는 아내가 전화를 했다. 수업이 끝날 때쯤 우산을 챙겨서 학교에 가달라는 거였다. 우산을 챙겨들고 학교로 가면서 문득 그런 길을 걸었을 어머니가 떠올랐다. 그 마음이

새삼스러웠다. 혹여 자식이 비를 맞을까 부랴부랴 우산을
챙겨 시간 맞춰 달려왔던 그 마음이.

　당신은 지금 편안하게 별일 없이 지내고 있는가. 만일
그렇다면 분명 주변의 누군가가 우산을 들고 있을 게다.

"모든 시작은 밥 한끼다. 그저 늘 있는 아무것도 아닌 한 번의 식사 자리. 접대가 아닌 선의의 대접. 돌아가며 낼 수도 있는, 다만 그날따라 내가 안 냈을 뿐인 술값. 바로 그 밥 한 그릇이, 술 한 잔의 신세가 다음 만남을 단칼에 거절하는 것을 거부한다.

인사는 안면이 되고 인맥이 된다. 내가 낮을 때 인맥은 힘이지만, 어느 순간 약점이 되고, 더 올라서면 치부다. 첫발에서 빼야 한다, 첫 시작에서. 마지막에서 빼려면 대가를 치러야 한다. 그렇다면, 그렇다 해도 기꺼이."

- 〈비밀의 숲〉

보통 시작은 밥 한끼다

발뒤꿈치를 바닥에 대고 머리는 가랑이 사이로, 어깨는 한 없이 내려 귀 끝이 바닥 가까이 내려가고, 엉덩이는 하늘 끝으로 치켜올린다. 이른바 견상자세. 강아지가 기지개를 켜는 듯하다 해서 붙여진 이름이다. 요가 선생님은 기본자 세로 늘 견상자세를 시킨다. 몸 뒤편을 한없이 늘리는 이 자세는 평소 우리가 자주 하는 자세를 반대로 하게 만든 다. 요가 선생님은 이 자세를 할 때마다 몸이 아픈 건 우리 가 평소 몸을 어떻게 잘못 써왔는가를 말해주는 거라고 하 셨다. 그걸 되돌리기 위해 몸을 뒤집어 젖히는 이런 동작 들을 하는 거라고.

아파트 지하 피트니스 센터에서 요가 강좌를 듣는 일은 나름 용기(?)가 필요한 일이었다. 왜 그런지 모르겠지만 피트니스 센터의 요가 강좌에는 남자가 단 한 명도 없었다. 그래서 스무 명 정원의 요가 반에서 유일한 아저씨인 내가 참여하기란 대단한 결심이 필요한 일이었다. 그럼에도 평소에 눈팅만 하던 요가 반에 들어간 건 몸이 아파서였다. 나이가 들어서 그런지 몸이 예전 같지 못했다. 자주 붓고, 살도 찌고, 오랜 시간 책상에 앉아 컴퓨터를 들여다보며 글을 쓰는 터라 거북목에 라운드 숄더까지 겹쳐 가만히 있어도 몸 여기저기가 쑤셨다. 요가 선생님 말대로 잘못 써온 내 몸을 되돌리기 위해서 나는 약간의 창피함과 고통을 감수하기로 했다.

견상자세라고 부르지만, 어쩐지 그건 벌 받는 자세 같았다. 학창 시절이나 군대 시절에 자주 했던 '엎드려뻗쳐' 자세와 비슷했다. 그래서 요가 선생님은 견상자세라고 불렀지만 나는 아내에게 '벌 받는 자세'라고 말했고, 요가하러 갈 때마다 "벌 받고 올게요"라고 말하곤 했다. 농담 섞인 말이었지만, 요가를 하다 보니 나는 점점 내 죄를 깨닫게 되었다.

평소 내가 내 몸에 했던 죄들. 사회생활 한답시고 매주

몇 차례씩 술을 퍼마시고, 하루에도 몇 차례씩 사람들을 만나 커피를 들이켰다. 일 때문이라는 핑계로 하루 종일 책상에 앉아 어깨가 뻐근해지도록 글을 썼고 운동도 게을리 했다. 나는 내 몸에 죄를 지은 게 분명했다. 그러니 벌을 받아야지.

견상자세를 하고 있으면 참 많은 생각이 스쳐 지나갔다. 사실 대단한 죄를 저지른 적이 없다고 생각했지만, 내가 저도 모르게 내 몸에 했던 '죄들'처럼 사회생활 속에서 나도 모르게 저지른 죄가 있지 않을까 싶었다.

무수한 콘텐츠들을 보고 그 콘텐츠를 분석하고 비평하는 일을 해오면서 참 많은 사람을 만났다. 그 사람들과 차를 마시고 밥을 같이 먹고 술도 마셨다. 그저 친분을 위한 것이니 전혀 부담 가질 것 없다 했지만 그럼에도 그분들과 마신 차와 술 그리고 먹은 밥은 글을 쓸 때마다 가슴 언저리 정도에 얹힌 것처럼 느껴지곤 했다. 최대한 그런 친분과 상관없이 하려는 이야기를 써왔다고 자부하지만, 어쩌면 그 차와 술, 밥은 저도 모르게 영향을 줬을지도 모르겠다.

〈비밀의 숲〉에서 이창준 서부지검 차장검사유재명는 검찰 개혁에 나서며 검찰 비리의 첫발이 아주 사소한 밥 한

끼로부터 비롯된다는 걸 통찰한다. 흔히 쉽게 건네는 "언제 밥 한끼 해요"나 "소주 한잔 합시다"는 말이 안면이 되고 인맥이 된다는 것. 하지만 그 사람이 어떤 지위를 갖기 시작하면, 그 밥 한끼로 시작한 안면과 인맥이 거꾸로 약점과 치부로 돌변한다고 말한다. 검찰의 부정부패가 어떻게 생겨나는지에 대한 이야기지만, 그걸 듣는 순간 나는 그것이 우리 사회가 돌아가는 원리 그대로라는 생각이 들었다.

지금의 나를 만든 것은 과거의 나다. 그때 내가 어떤 선택을 했고 어떤 삶을 살았는가가 지금의 나를 만들었다. 그래서 지금 내가 어딘가 엇나가 있거나 아프다면 그건 결국 과거의 내 선택 때문이다. 죄라고까지 말할 건 없겠지만, 그때 했던 무언가가 지금의 나를 아프게 한다. 아픔이나 고통, 통증은 자신에게 보내는 일종의 신호다. 더 이상 자신을 망치게 되는 걸 막기 위해 보내는 경고의 메시지. 그걸 부인하거나 무시하면 후에 돌이킬 수 없는 결과를 마주할 수 있다.

견상자세를 하고 있으면 아파서 그만하고 싶다. 하지

만 나는 그것이 내가 해온 것들에 대한 합당한 처벌이라고 생각하며 버틴다. 그 처벌을 통해 비뚤어진 것들을 제자리로 돌려놓을 수도 있을 테니. 어쩌면 우리네 삶에도 견상 자세가 필요할지도.

"나처럼 살지 마라."

- 〈쌉, 마이웨이〉

나처럼 살지 마라

젊어서 이른바 금수저인 친구와 어울린 적이 있다. 청담동 대저택에 사는 그의 집은 한마디로 으리으리했다. 교수 부모님 밑에서 어려서부터 해외 유학을 오가며 지냈던 그는 대학에 들어가서도 모두가 선망할 만한 자동차를 끌고 다녔다. 사실 그때는 그가 부러웠다. 왜 나는 저 친구처럼 다 가진 채 태어나지 못했을까 생각했다.

내가 어렸을 때 아버지는 시골에서 어머니와 양장점을 열었다. 아버지는 매일 새벽 버스를 타고 동대문 시장에 가서 옷을 잔뜩 사들고 오셨다. 너무 짐이 많아 택시도 타지 못하고 등에 잔뜩 짐을 지고 가는데 우연히 아는 친구가 저편에서 오더란다. 그런데 그 친구가 아버지를 보고 모른 척 지나가더라는 것이다. 아마 짐을 잔뜩 지고 있는 당신이 창피해서였을 게다. 아버지는 그때 더 열심히 살겠다고 이를 악물었다고 했다. 가족을 위해 헌신했던 아버지의 고생담을 들으면서 나는 가슴이 짠해졌다. 그리고 친구를 부러워했던 자신이 부끄러워졌다.

〈쌈, 마이웨이〉를 보다 문득 아버지가 떠올랐다. 극 중 주인공인 고동만^{박서준}이 아버지 고형식^{손병호}의 쓸쓸한 등을 보며 눈시울이 붉어지는 장면이었다. 고형식은 요즘 젊은 세대가 가장 듣기 싫어한다는 이른바 '라떼'를 연발하는 아버지였다. "나 때는 말이여. 너 같이 게을러터진 놈 구들장 지고 있을 시간에 공사장 가서 벽돌이라도 한 장 더 졌고……." 그런 아버지가 싫어 고동만은 아버지 가슴에 가시를 콕콕 박는 소리를 해댔다. "아버진 매일 그렇게 안 게으르고 맨날 성실했어도 내 학비 한 번, 방값 한 번 내준 적 없잖아요. 나한테도 아버지처럼 살라 하지 마시라고!" "그래도 난 말여. 진짜 개코도 없는 내 땅에서 죽을 똥 싸면서 내 처자식 건사했어." 하지만 만만치 않게 흙수저인 아버지도 내심 그렇게 성실하게 살아도 바뀐 게 하나도 없다는 사실을 알고 있었다. 결국 아들은 아버지의 가장 아픈

부분을 건드린다. "난 그렇게 죽을 똥 싸면서 나 같은 놈 또 만들어야 되나 어떨 땐 잘 모르겠다구요. 걔가 흙수저 라고 나 원망할까 봐." 그 말에 아버지의 어깨가 푹 꺾인다.

'냉동실에 비닐 안에 든 뭔가가 많음.' '고기요리에 물 넣는 요리 자주 해먹음.' '부모님이 음식 남기지 말라고 잔 소리함.' 이게 뭔고 하니 한때 인터넷에 하나의 놀이처럼 유행했던 이른바 '흙수저 빙고게임'의 항목들이다. 선택 된 개수가 많을수록 흙수저에 가깝다는 이 게임은 열 개의 항목 이상이면 '하층민'이란다. 처음에는 우스갯소리처럼 들리지만 한참을 들여다보고 그 항목들이 자신의 이야기 라는 걸 확인하게 되는 순간 쓸쓸해진다. 부모의 재산 정 도에 따라 삶이 결정된다는 의미로 금수저, 은수저, 동수 저 그리고 흙수저가 있다. 심지어 수저 자체가 없다고 말 하는 사람도 있다.

수저에 따라 계급이 나눠진다는 '수저 계급론'은 '은수 저를 물고 태어나다(born with a silver spoon in one's mouth)' 는 영어식 표현에서 나온 것이다. 과거 유럽 귀족들이 갓 태어난 아기에게 은수저로 젖을 떠먹이던 풍습에서 비롯 된 말이다. 시간과 공간을 훌쩍 뛰어넘어 지금 우리가 사 는 이곳에 갑자기 '은수저'가 등장한 건, 성장의 사다리가 끊어지고 부모의 부에 따라 삶이 결정되어버리는 우리 사회 현실 때문이다. 부유한 부모를 만나 남부럽지 않게 교육받고 대를 이어 사회에서 좋은 위치를 찾아가는 이들이 있는 반면, 가난한 부모를 만나 사회에 나가기도 전에 아르바이트를 전전하며 청춘을 소진하는 이들도 있다.

하지만 아버지는 그렇게 태어나려고 태어났을까? 아버지도 하고 싶었던 일이 없었을까? 아버지는 좋아서 창피함을 무릅쓰고 무거운 짐을 짊어졌을까? 고동만의 아버지 고형식도 본래 꿈은 파일럿이었다. 하지만 공군사관학교 들어갈 돈이 없어 포기했다는 아버지는 "지금은 그냥 니들이 내 꿈"이라고 말한다. 아마도 세상 대부분의 부모가 그렇지 않을까 싶다.

고형식은 아들에게 "나처럼 살지 말라"고 말한다. "내가 가만히 생각해보니께 니가 딱 나처럼 산다면 난 싫을 것 같어. 나야 뭐 이제와 파일럿은 못해도 넌 뭐든 사고라도 한번 칠 수 있잖여." 그리고 아들이 흙수저라고 한 그 말이 못내 마음에 걸렸던지 허세 섞인 한마디를 덧붙인다. **"너 흙수저 아니여. 아버지 앞으로 이십 년은 더 벌겨. 뒤에 아빠가 딱 있으니께 한번 날아보라고."**

"나처럼 살지 마라." 아버지가 아들에게 하는 이 한마디에는 얼마나 많은 감정이 담겨 있을까? 그 말에는 사실 당신의 삶을 부정하는 의미가 들어 있다. 또, 자식에게만은 자신 같은 삶이 반복되지 않기를 바라는 사랑의 마음이 깃들어 있다. 아버지가 아들에게 자신처럼 살지 말라고 하는 말만큼 슬프고 가슴 아픈 말은 없는 것 같다.

어느덧 자식이 꿈이 된 아버지에게 자식이 해줄 수 있는 건 무엇일까? 자식이 보란 듯이 살아보는 건 본인은 물론이고 아버지에게도 중요한 일이 된다. 수저에 따라 계급이 나뉘고 삶이 규정되는 사회를 그저 받아들이며 포기하고 비관하기보다는, 태생적 계급이 가진 것의 차이를 만들지는 몰라도 삶의 행복을 결정짓지는 않는다는 걸 당당하게 보여줘야 하지 않을까? 그러니 "나처럼 살지 말라"며 흙수저의 삶이 마치 대단한 잘못인 것처럼 말하는 부모 앞에 나아가 주어진 흙수저를 소중하게 들고 외칠 일이다. "흙수저가 뭐 어때서!" '쌈마이'라도 당당히 '마이웨이'를 갈 일이다.

"시카고 타자기 말이야, 네 연재소설. 이게 멜로인지 판타지인지 하드보일드인지 액션인지 좀 선명하게 가자고. 타이밍 놓치면 나중에 약도 못 쳐요, 곁돌아시. 솔직히 니 이빈 소설 니무 퓨어해. 그래서 댓글 반응이 슬슬 루즈하다 올드하다 뭐 국뽕이냐 그런 소리들 나오는 거 아냐?"

"형, 이번 소설은 계속 내 뜻대로 써보고 싶어."

"써. 언제는 뭐 니 뜻대로 안 썼어? 네 소신껏 문단의 눈치 안 보고 대중이 열망하는 소설을 쭉 써왔잖아?"

"그러니까 대중의 눈치를 봤지, 내가. 그들이 원하는 게 늘 내가 쓰고 싶었던 것보다 우선순위였거든."

"그거야 당연하지. 그들이 우리 돈줄인데."

"내가 말했었지. 뭘 써야 할지, 왜 쓰는 건지 모르겠다고. 근데 찾았어. 어렵게 찾았어. 나 그냥 그걸 쓰고 싶어."

"그러니까 안 팔리는 글을 쓰고야 말겠다?"

"뭐 힘닿는 데까지는 노력해봐야겠지만 외면 받는다면 감수해야지."

– 〈시카고 타자기〉

그러니까 안 팔리는 글을 쓰고야 말겠다?

국문과는 '굶는 과'라고 했다. 그럼에도 국문과를 굳이 고집해 들어간 건 이상하게도 글이 쓰고 싶어서였다. 하지만 시를 쓰고 소설을 쓰고 그렇게 어언 대학생활이 끝나가면서, 나의 문학청년 생활도 위태로워졌다. 함께 글을 쓰던 친구들이 하나둘 취직했다는 소식이 들릴 때마다 마음이 흔들렸다.

그래서 글과 연관된 '돈 벌 수 있는 일'을 찾아봤다. 90년대 중반, 케이블 시대가 열리면서 여기저기 '영상시대'라는 말이 들려왔다. 글을 쓰며 살아왔던 삶을 통째로 뒤흔드는 말이 아닐 수 없었다. 불안감 반 관심 반으로 영화

시나리오 학원을 다녔다. 하지만 영화 시나리오 습작은 여러 편 했어도 영화로 제작되지는 못했다. 나는 시하 사취방에서 매일 재떨이에 담배가 수북하게 쌓일 정도로 영화 시나리오와 소설을 번갈아 쓰며 매일을 보냈다. 하지만 각종 공모에서 번번이 떨어지며 나는 재능이 없나보다 했다.

시나리오 학원에서 아내를 만났다. 아내 역시 다른 학교 국문학과생이었다. 나와 똑같은 불안감으로 학원에 온 것이었다. 그 불안감을 공유했던 걸까? 우리는 금세 가까워졌고 연인이 됐으며 결혼을 하기로 마음먹었다. 그런데 결혼하기 위해선 직업이 필요했다. 마침 진로 홍보팀에서 사람을 구한다는 공고를 보고 지원했다. 경쟁률이 별로 세지 않은데다 술을 잘 마신다는 이유로(국문과에서 배운 게 술이었다) 덜컥 붙었고 아내와 결혼했다.

진로 홍보팀에서 나는 이른바 '원고'를 쓰기 시작했다. 사보에 들어갈 글을 썼고 지방 취재도 다녔다. 마감이라는 것도 생겼다. 하지만 대부분은 술 마시는 일이었다. 퇴근하고 나서도 각자 지정된 식당을 찾아가 "진로 주세요!"를 몇 차례 외치다 귀가하는 날의 반복이었다. IMF가 터지면서 본의 아니게 퇴사하고 그 후로 이런저런 회사들을 전전했다. 그러다 결국 지금의 대중문화 관련 글을 쓰는 일을 하게 됐다. 처음에는 원고청탁이 많지 않아 아내가 회사를 다니며(아내 역시 취직해 회사를 다니게 됐다) 벌어오는 돈으로 생계를 유지할 수밖에 없었다. 하지만 차츰 원고 청탁이 늘어나면서 마감의 압박을 느끼며 글을 쓰기 시작했다. 그렇게 꼬박 이십 년 가까이 글을 써왔다.

〈시카고 타자기〉를 보면서 탁탁 경쾌한 소리를 내던 예전 내 마라톤 타자기가 떠올랐다. 톰프슨 기관단총의 별칭으로 불리는 '시카고 타자기'. 일명 '굶는 과'를 다니며 생계를 걱정하던 내게 〈시카고 타자기〉의 유명 소설가 한세주^{유아인}는 로망처럼 다가왔다. 때때로 무라카미 하루키처럼 성공한 소설가에 대한 이야기를 들을 때면 자기가 쓰고 싶은 글 쓰며 살아가는 삶은 얼마나 좋을까 상상하곤 했다.

그런데 드라마를 보니 한세주 역시 마음대로 글을 쓰는 작가는 아니었다. 오히려 유명한 만큼 대중의 눈치를 보며 글을 쓰는 작가일 수밖에 없었던 것. 그게 소설이든 시나리오든 원고든 상업적으로 내놓는 글이란 생업에서 벗어나긴 어렵다는 걸 한참이 지나서야 알았다. 하지만 그럼에도 '쓰고 싶은 글'과 '써야만 하는 글'의 차이는 클 수밖에 없다. 일과 상관없이 글을 쓸 수 있다면 얼마나 좋을까?

여행을 업으로 하는 친구는 전 세계의 좋다는 곳을 다 다녔지만 여행이 그렇게 고역이라고 말한 바 있다. 뭐든 일이 되면 어쩔 수 없나 보다. 돈 되는 글이 설렘을 주기도 하지만, 때때로 돈 안 되는 글이 설렘을 주기도 하니.

오랜만에 고향집을 찾았다가 창고에서 낡은 타자기 하나를 발견했다. 예전에 내가 썼던 마라톤 타자기였다. 그걸 챙겨와 집 책상 한편에 올려놓았다. 에이포지를 끼워넣고 치면 지금도 글자가 새겨져 나올 것만 같았다. 알 수 없는 설렘 같은 게 느껴졌다. 이젠 아주 오래 전 일 같은 '긁는 과'를 다닐 때 가졌던 느낌이었다. 어딘지 헛헛하지만 그래서 더 설레는 그런 느낌. 그때는 긁었어도 시카고 타자기처럼 마구 쏘아댔었는데…….

가끔은 이 타자기로 글을 써봐야겠다는 생각을 한다, 돈 안 되는 글을.

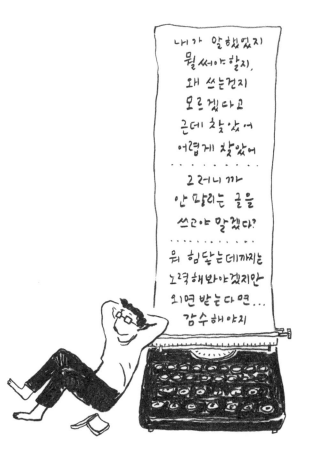

"사랑은 내가 알지. 네가 나한테 하는 건 집착. 사랑은 말이야, 아주 간단해. 상대가 끝났다고 하면 끝나는 거. 싫다는 사람 같이 사랑하자고 하는 건 집착. 사랑은 거래가 아니어서 배신이 없어. 자기가 좋아 시작한 거니까 생색도 안 통하고 자랑도 안 통해. 네가 우긴다고 집착이 사랑이 되진 않아."

"영이란 애가 그렇게 좋은 거야? 네가 이렇게 목숨을 걸만큼?"

"모든 인간은 딱 한 번 죽는다는 말을 기억하려고 해. 그렇다면 지금이 나쁘지 않겠다 싶은 생각이 들어."

"걘 네가 오빠라서 좋은 거야. 네가 오빠가 아니면 당장이라도 끝낼걸?"

"알아. 때가 되면 기꺼이 떠나려구."

- 〈그 겨울 바람이 분다〉

겨울이 가면 봄이 오듯이

그해 겨울에는 유독 바람이 거세게 불었다. 신촌은 크리스마스 분위기로 한껏 들떠 있었지만 나는 우울했다. 마침 거리에서는 김건모의 '핑계'가 여기저기서 흘러나왔다.

> "지금도 이해할 수 없는 그 얘기로 넌 핑계를 대고 있어. 내게 그런 핑계 대지 마. 입장 바꿔 생각을 해봐. 니가 지금 나라면 넌 웃을 수 있니"

유행가 가사 한 줄 한 줄이 그렇게 가슴 깊이 콕콕 박힐 줄 전에는 결코 몰랐다.

어려서 하와이로 이민을 갔다고 했다. 어머니가 미용실을 했고 인종차별도 많이 겪었다고 했다. 이민 생활이 녹록지 않았다는 게 얼굴에 드리워진 그늘에서 느껴지는 사람이었다. 아마 그 그늘이 젊었던 내 마음을 건드렸던 모양이었다. 교환학생으로 온 그 사람과 우연히 만났고 신촌 근처 카페에서 술을 마시며 금세 가까워졌다. 그렇게 가을에 만나 크리스마스를 함께 보낼 거라 생각했었다. 하지만 그건 나만의 생각이었다.

오래도록 외지 생활을 했기 때문이었을까? 그 사람은 바람 같았다. 자유로운 영혼이었다. 어느 날 카페에서 그가 말했다. '인생의 남자'를 만났다는 거였다. 그 말은 이별 통보였지만 나는 믿을 수도, 받아들일 수도 없었다. 더더욱 이해할 수 없었던 건 그 인생의 남자가 거의 아버지뻘 되는 나이 지긋한 중년남자란 거였다. 해외에서 사업을 한다는 그 남자에 대한 깊은 애정을 그 사람은 천연덕스럽게 내게 이야기했다. 그 사람에게는 그것이 자연스러운 일이었을지 모르지만, 나에게는 이상하기 그지없는 일이었다. 사랑이 변할 수 있다는 걸 나는 그때 몰랐다.

부끄러운 일이지만 그때 나는 미숙했고 그래서 집착은 너무도 과도했다. 그 사람 입장에서 보면 스토킹이라고 해도 과언이 아닐 정도였다. 거의 잠을 이룰 수 없는 고통 속에서 밤거리를 미친놈처럼 배회하기도 했다. 죽을 것 같은 기분에 죽기로 작정하고 술을 마시기도 했다. 하지만 속이 망가져도 내 사랑의 상처는 치유되지 않았다. 그렇게 끝이 없을 줄 알았지만 그 상처는 자연스레 아물었다. 치유제는 시간이었다.

지금 생각해보면 나는 그때 그 사람보다 나 자신을 더 사랑했던 것 같다. 집착이 과도했던 것도 그 사람을 너무 사랑해서가 아니라 그간 내가 해왔던 일련의 노력과 정성이 거부당한 사실을 받아들이지 못했기 때문이었다. 사랑에 대한 경험 자체가 없던 나는 사랑과 집착을 착각하고 있었다. 사랑은 변할 수 있는 것이고, 그렇게 바뀐 사랑은 다시 돌아오지 않는다는 걸 뒤늦게야 깨달았다. 어떤 의미에서 사랑은 붙잡는 것이 아니라 놓아주는 것이란 걸.

훗날 영화 〈봄날은 간다〉에서 유지태가 떠나가는 이영애에게 "사랑이 어떻게 변하니?"라고 되묻는 장면을 보면서 나는 그 마음을 이해할 수 있었다. 사랑하는 이의 변심을 도무지 받아들일 수 없는 그 마음이 아리게 느껴졌다. 하지만 그렇게 죽을 것 같았던 상심도 시간이 흐르면 흐려지고 더 마음을 단단하게 할 거라는 것도 알았다.

사랑은 바람과 같아서, 또 봄날과 같아서 머물다가도 흘러가기 마련이다. 시간이 흘러가듯이 사랑도 흘러간다. 그러니 가만히 내버려둬야 한다. 도대체 타인의 마음을 어떻게 계속 내 마음처럼 붙들고 있을 것인가. 하지만 가만히 놔두면 다시 바람이 불어오고 또다시 봄이 찾아온다. 유독 거세게 바람이 불었던 겨울이 지나고 봄이 찾아왔듯이.

어떻게 사랑이 변하니

"한 번만, 딱 한 번만 말할 거니까 잘 들어.
너 좋아해. 네가 남자건 외계인이건 이제 상관 안 해.
정리하는 거 힘들어서 못해먹겠으니까.
가보자. 갈 때까지 가보자."

- 〈커피 프린스 1호점〉

네가 남자건 외계인이건
이제 상관 안 해

사람은 일관성이 있어야 해. 지금껏 만난 수많은 선생님은 그렇게 말씀하셨다. 일관성 있는 말과 태도, 습관 등이 그 사람의 정체성을 만든다는 것이었다. 실제로 우리 사회에서 정체성이 미치는 영향이 크다는 걸 나는 어린 시절 서울로 유학 오며 경험했다. 경기도지만 충청도에 가까운 고향 안성은 충청도 사투리가 섞여 있었다. 말투도 다소 느렸다. 그런 영향이 있어선지 어려서 내 별명은 '어구야'였다. 무슨 일이 벌어져도 "어구야" 하고 느릿하게 반응해서 지어진 별명이었다.

서울로 올라오니 나의 정체성은 시골에서 온 촌뜨기였

다. 표준어와 사투리로 나뉘는 세계는 나를 표준 바깥에 서 있는 어떤 존재로 세워놓았다. 아이들은 내 말투를 따라하며 놀렸고 나는 그럴 때마다 "어구야" 하는 리액션으로 아이들을 웃겼다. 차라리 그걸 드러내는 편이 나을 것 같아서였다. 하지만 나는 계속 서울 말씨를 쓰려 노력했고 사투리를 지워냈으며 "어구야"라는 말도 하지 않게 됐다.

대학에 들어가니 사투리를 쓰는 친구들이 많았다. 그 중에서도 합천에 온 친구는 사투리가 강해 '경상도 싸나이'로 불렸다. 그와 함께 있을 때 나는 '서울 사람'이었다. 그렇다고 과거의 그 촌뜨기가 사라진 건 아니었다. 가족이 모이면 우리는 마치 전염이라도 된 듯 충청도식의 느린 말투로 이야기하니까.

우리 집은 당시 대부분의 가정이 그렇듯 가부장적이었다. 아버지는 결정하고 어머니는 그저 따르는 게 다반사였고, 집안일은 온전히 어머니의 몫이었다. 제사를 지낼 때면 어머니는 손에 물 마를 새 없이 일하고 아버지는 다소 느긋해 보이는 것이 우리 집에서는 당연한 풍경이었다. 하지만 결혼하고 나서 아내가 우리 집 제사를 지내러 왔을 때 나는 그것이 당연한 풍경이 아니라는 걸 실감했다. 지금까지 가부장적 풍경을 당연하게 받아들이게 됐던 건 어머니의 묵묵한 희생 때문이었다. 아내도 그 일을 겪고 있다는 걸 알게 되면서 이건 아니다 싶었다.

그래서 부모님을 찾아가는 일이 점점 줄어들었고, 대신 부모님을 우리 집으로 모시는 일이 늘었다. 가부장적 틀을 가진 공간에서 벗어나야 새로운 관계를 모색할 수 있을 것이기 때문이었다. 부모님은 그 변화를 어느 정도 받아들이는 눈치였다. 어머니는 아내가 사회생활 하는 걸 적극적으로 지지했고, 그를 통해 자신이 못했던 것들을 대리만족 하는 것처럼 보였다. 부모님도 점차 정체성이 바뀌어 갔다.

페미니즘의 고전《백래쉬》의 저자 수전 팔루디^{Susan Faludi}가 쓴《다크룸》이라는 책을 읽으며 나는 새삼 정체성이란 뭘까 생각하게 됐다. 그 책에서 수전 팔루디는 아버지 스티븐 팔루디의 변화무쌍했던 삶을 이야기하고 있다. 이야기 속에서 전형적인 가부장적인 폭군이었던 아버지는 결국 불화로 이혼한 뒤 집을 나간다. 그리고 이십칠 년 만에 다시 만난 아버지는 빨간 스커트에 하이힐까지 맞춰 신은 '스테파니 팔루디'라는 여자가 되어 있었다. 수전 팔루디는 아버지의 삶이 '정체성을 향한 투쟁'이었다며, 외부 환경에 의해 계속 변화했던 아버지의 이름이 그걸 말해준다고 했다.

1928년 헝가리에서 태어난 유대인이었던 아버지의 원래 이름은 이슈트반 프리드만이었지만 나치의 홀로코스트를 피하기 위해 가장 헝가리스러운 '팔루디'로 성을 바꿨고, 그렇게 살아남아 미국으로 온 아버지는 미국 백인 남성 사회에 들어가고자 '스티븐'으로 변신했다는 것. 스티븐은 2004년에는 '스테파니'가 되어 십일 년을 행복하게 살다 2015년에 생을 마감했다.

스티븐 팔루디의 이야기는 우리가 알고 있는 정체성이라는 것이 애초부터 결정되어 있는 한 가지가 아니라는 걸 말해주고 있다. 정체성은 우리 주변을 둘러싸고 있는 공간이나 생각, 정치체계 등등의 환경에 의해 언제든 바뀔 수 있다는 것. 수전 팔루디는 정체성으로 편을 갈라 표를 얻어가려는 이른바 '정체성 정치'를 경계해야 한다고 말하기도 했다. 정체성으로 선을 그으면 이편과 저편이 대립하는 이분법적 상황이 만들어질 수밖에 없다. 정치는 그걸로 표를 얻어가지만 우리의 정체성이 어찌 그리 단순하게 나뉠 수 있을까.

"한 번만, 딱 한 번만 말할 거니까 잘 들어. 너 좋아해. 네가 남자건 외계인이건 이제 상관 안 해. 정리하는 거 힘들어서 못해먹겠으니까. 가보자. 갈 때까지 가보자."〈커피 프린스 1호점〉에서 최한결^{공유}은 남장여자인 고은찬^{윤은혜}에 게 이상하게 끌리는 자신을 발견한다. 이건 잘못된 거라고 부정했던 한결이 결국 고백했을 때 나는 큰 감동을 받았 다. 한결의 고백은 사랑이란 감정에 대한 이야기지만 우리 가 스스로 그어놓은 정체성의 벽을 넘는 이야기이기도 했 기 때문이다.

　세상엔 참 이분법적 잣대가 많다. 남성과 여성을 나누 고, 기성세대와 신세대를 나누고, 성소수자들과 장애인들 을 차별한다. 나아가 지역을 나누고 학벌을 나누고 출신에 따라 내 편 네 편으로 갈라놓는다. 나는 가만히 있는데 누 군가 나를 자꾸만 이쪽저쪽으로 세워두고 정체성을 강요 한다. 그런데 그런 구분이 과연 정당하고 가능하기나 한 걸까? 정체란 정해진 게 아니라 계속 변화하는 것인데 말 이다.

"제가 이십대 때 좋아했던 시가 있는데 거기 보면 그런 말이 나와요. 사람이 온다는 건 그 사람의 일생이 오는 것이다. 부서지기 쉬운, 그래서 부서지기도 했을 그 마음이 오는 것이다. 막상 그 시를 좋아할 땐 그게 무슨 말인지 잘 몰랐는데 그 말을 알고 나니까 그 시를 좋아할 수가 없더라구요. 알고 나면 못하는 게 많아요, 인생에는. 그래서 저는 지호 씨가 부럽습니다. 모른다는 건 좋은 거니까. 그러니까 너무 걱정하지 마세요."

"그럼 세희 씨도요. 예전에 봤던 바다라도 오늘 이 바다는 처음이잖아요. 다 아는 것도, 해봤던 것도 그 순간 그 사람과는 다 처음인 거잖아요. 우리 결혼처럼, 정류장 때 키스처럼. 그 순간이 지난 다음 일들은 그 누구의 잘못도 아니라고 생각해요. 그냥 그렇게 된 거지. 저 중에 어떤 애는 그냥 흘러가고 또 어떤 애는 부서지는 것처럼 그냥 그렇게 되는 거예요. 그러니까 세희 씨도 너무 걱정하지 마세요. 어제를 살아봤다고 오늘을 다 아는 건 아니니까."

– 〈이번 생은 처음이라〉

어제를 살아봤다고
오늘을 다 아는 건 아니니까

호주로 어학연수를 갔던 게 나의 첫 해외 경험이었다. 비행기도 처음 타보는 일이었고 공항도 처음이었다. 일 년간 떨어져 지내야 한다는 아쉬움에 떠나기 전날 온 가족이 모였다. 거창하게 저녁을 함께 먹으며 잘 지내라는 덕담을 나눴다. 그런데 다음 날 나는 떠나지 못했다. 당시만 해도 해외로 나가려면 동사무소에 가서 병역신고를 하고 신고서를 공항에 제출해야 했는데 그걸 깜박한 거였다. 이별의 슬픔이 한껏 비장하기까지 했던 분위기는, 돌아오는 차 안에서 무겁게 가라앉았다.

　일주일 후 병역신고를 마치고 다시 공항에 와 티켓팅

을 마치고 짐도 맡기고 가족들과 이별한 후 무사히 비행기에 올랐다. 이제 정말 가는구나 싶어 긴장감이 풀렸다. 그러나 그날도 나는 떠나지 못했다. 기장이 식중독에 걸려 비행기가 뜨지 못했다. 승객들은 모두 내려서 항공사 측이 제공한 호텔로 이동했다. 그날 밤 집으로 전화를 하니 어머니가 깜짝 놀라셨다. 비행기가 한창 날아갈 시간에 전화라니 그럴 만도 했다. "여기 호텔이야. 기장이 식중독이라 비행기가 내일 뜬다고……?"

우여곡절 끝에 다음 날 비행기를 탔지만 중간 기착지인 홍콩에서 내려 멜버른까지 가는 환승을 하느라 진땀을 빼야 했다. 시간은 다가오는데 영어도 낯설고 환승하는 곳을 찾기 어려웠다. 가까스로 환승해서 멜버른까지 가는 비행기 안에서 나는 거의 잠만 잤다. 옆 자리에 덩치 큰 호주인이 앉아 있었는데 말을 걸어올까 무서웠다. 멜버른에 도착했는데 이번에는 짐이 엉뚱한 데로 갔단다. 싱가포르 어느 공항을 헤매고 있다는 거였다. 일주일 후에 찾으러 오라는 통보를 듣고 나는 무작정 공항을 벗어나 택시를 타고 기숙사로 향했다.

그날은 마침 주말이라 기숙사에 학생 튜터 한 명만 남아 있었다. 그에게 방을 안내받아 자그마한 방으로 들어가

자마자 긴장이 풀린 나는 잠이 들었다. 출출해 깨어보니 깜깜한 밤이었다. 문제는 호주에선 주말에 여는 식당이 별로 없다는 거였다. 음식점에 가려면 한참을 가야 하는데 차가 없으면 사실상 불가능했다. 먹을 것도 챙겨오지 못했고 트렁크는 싱가폴 어느 공항을 돌고 있어 갈아입을 옷도 없었다. 영어를 잘하면 옆방에 사정을 얘기하고 뭐라도 얻어먹었겠지만 소심하고 내성적이었던 나는 말 걸기는 커녕 방 바깥으로도 나가지 못했다. 그렇게 꼬박 굶어가며 주말을 보냈다.

모든 게 처음이라 모든 게 낯설었던 그 경험은 지금은 그리워지는 추억이 되었다. 그 후 차츰 멜버른에 적응하면서 친구도 많이 사귀고 내 핑계로 놀러 오신 부모님을 모시고 여행도 다녔다. 처음엔 낯설었지만 점차 익숙해지면서 그곳에서의 일 년은 내 일생에서 가장 아름다운 장밋빛으로 남았다.

그래서였을까? 이 년 후 대학을 졸업하고 대학원에 가겠다는 결심으로 다시 호주를 찾았지만 어쩐 일인지 그때와는 달리 너무나 힘든 시간을 보내야 했다.

아마도 여행 같았던 어학연수와 달리 대학원에 가기 위해서 공부해야 했기 때문이었을 것이다. 멜버른이 아닌

캔버라라는 다른 지역과, 그곳에서 만난 사람들과의 관계가 쉽지 않았기 때문이기도 했다. 당시 한인 갈등이 커지면서 폭력 사태가 벌어지기도 했는데 나는 그 피해자 중한 명이 되었다. 열심히 공부한 덕에 대학원 입학허가를 받았지만 호주가 싫어진 나는 결국 포기하고 귀국하고 말았다.

그렇게 호주와의 인연은 끝일 거라 생각했는데 그 후로도 나는 몇 차례 더 호주를 찾았다. 결혼을 앞두고 아내와 호주로 여행을 떠났을 때는 꿈만 같은 행복한 시간을 보냈고, 성장한 아이들과 다시 멜버른을 찾았을 때도 마치 그곳에 처음 온 것만 같은 느낌을 받았다.

〈이번 생은 처음이라〉에서 남세희^{이민기}와 윤지호^{정소민}가 바닷가에서 만나 나누는 대화를 들으며 나는 호주를 떠올렸다. 내게 호주는 윤지호가 말하는 바다처럼 다가왔다. 어제의 바다와 오늘의 바다가 다르듯, 대학시절 경험했던 호주와 나이들어 다시 찾아간 호주는 달랐다. 그건 같은 공간이라도 누구와 함께 하느냐에 달리 느껴지기 때문이리라.

'사람이 온다는 건 실로 어마어마한 일이다. 그는 그

의 과거와 현재와 그리고 그의 미래와 함께 오기 때문
이다. 한 사람의 일생이 오기 때문이다. 부서지기 쉬운,
그래서 부서지기도 했을 마음이 오는 것이다.'

남세희가 읊조리는 정현종 시인의 '방문객'이라는 시
가 새삼스럽게 다가온다. 처음 아닌 것이 뭐가 있으랴 싶
다. 우리에게 다가오는 그 많은 인연과 경험들이 모두 어
마어마한 누군가의 방문일 테니 말이다. 처음에는 낯설고
어색한 것들도 점차 익숙해지지만, 그 익숙하다 여긴 것들
도 매일매일이 다르고 새로워지는 게 인생이다. 그러니 어
제 알게 된 사실 때문에 내일을 예단하거나 걱정할 필요는
없다. 모든 건 결국 처음이니까.

"이 미실에게 그런 건 없어. 어머니라 부를 필요도 없다. 미안한 것도 없고. 그리고 사랑? 사랑이 무엇이라 생각하느냐? 사랑이란 아낌없이 빼앗는 것이다. 그게 사랑이야. 덕만을 사랑하거든 그리해야 한다. 연모, 대의, 또 신라. 어느 것 하나 나눌 수가 없는 것들이다. 유신과도, 춘추와도 그 누구와도 말이다. 알겠느냐?"

"제 연모는 제가 알아서 할 것입니다."

"걱정이 되어 그런다. 난 사람을 얻어 나라를 가지려 했다. 헌데 넌 나라를 얻어 사람을 가지려 한다. 사람이 목표인 것은 위험한 것이다."

"덕만공주는 사람이자, 신국 그 자체입니다. 제가 그리 만들 것이니까요."

"여리고 여린 사람의 마음으로 너무도 푸른 꿈을 꾸는구나."

- 〈선덕여왕〉

여린 마음으로 너무도 푸른 꿈을 꾸는구나

"난 수영장 있는 집을 가질 거야."

당시 초등학생이었던 아이는 인생게임이라는 보드게임을 하다 수영장 있는 집을 가지는 게 꿈이라고 말했다. 수영장을 너무나 좋아하는 아이였다. 동남아 휴양지로 여행을 가면 유적지를 다니거나 쇼핑을 하거나 음식을 먹으러 다니는 것보다 아이는 리조트 수영장에서 시간 보내는 걸 더 좋아했다. 한번은 아예 개인수영장이 딸린 숙소로 예약했더니 아이는 여행 내내 거의 수영장을 끼고 살았다. 수영장 옆에서 식사하고 게임도 하고 낮잠도 자다가 다시 물에 들어가 느긋하게 시간을 보냈다. 그런 취향을 너무 잘 아는지라 보드게임을 하던 아이가 그렇게 말했을 때 나는 고개가 끄덕여졌다. 그래, 나중에 나도 그 수영장에 들어갈 수 있게 해줘.

아이는 아이 셋을 낳아 기르겠다고 했다. 아이가 아이를 갖는 이야기를 하니 우스웠다. 그리고 아이들에게 각각 방 하나씩 주고 그 방을 꾸며주겠다는 야심찬(?) 계획을 늘어놓았다.

> "첫째에게는 레고가 하나 가득 채워진 방을 줄 거야. 하루 종일 이것저것 만들어볼 수 있고, 또 자기가 레고로 만든 책상과 침대에서 공부하고 잘 수 있는 그런 방. 둘째 방에는 악기를 가득 채울 거야. 기타도 넣고 피아노와 신디사이저도 넣어서 노래도 만들 수 있는 그런 방."

아이의 계획은 야무졌다. 물론 현실 가능성은 별로 없어 보이지만 나는 고개를 끄덕여주었다. 그래, 나중에 아빠 방도 하나 만들어주면 안 돼? 볼륨을 크게 틀어놓고 음악 감상해도 되는 그런 방 하나면 되는데.

그 아이가 벌써 훌쩍 커서 고등학생이 되었다. 그때 함께 보드게임을 했던 첫째는 대학생이다. 우리는 인생게임 같은 보드게임을 이제 거의 하지 않는다. 그러니 그걸 하면서 나눴던 푸르디푸른 꿈은 더 이상 꾸지 않는다. 대신 아이들과 현실적인 이야기를 나눈다. 아침에 일어나 커피를 내리면서 조간신문을 읽을 때 아이는 신문이 전하는 우리 사회의 지극히 현실적인 사안들에 대해 물어본다.

인생이 보드게임처럼 단순하지 않다는 걸 아이는 이제 알고 있다. 수영장이 딸린 집을 사려면 그만한 돈을 벌어야 하고, 아이가 하나씩 방을 갖는다는 건 그 집의 부를 가늠하는 척도가 되기도 한다는 걸 알고 있다. 나아가 세상이 경쟁적이라는 것도 알게 되었다. 수많은 시험을 치르면서 아이는 친구들과도 은근한 경쟁의식을 갖게 되었다. 우리네 사회는 안타깝게도 그렇게 승자와 패자로 나뉘고 승자가 파이를 독식하기도 하는 구조라는 걸 아이는 은연중에 알고 있는 눈치다.

어느 날 함께 식사를 하던 중에 그때 했던 인생게임에 대한 이야기가 나왔다. 며칠 전 누나의 남자친구가 놀러와 할 게 없어서 같이 그 인생게임을 했다는 거였다. 그런데 다시 해보니 이 보드게임이 너무나 '자본 친화적 가치관'

을 드러낸 게임이었다는 걸 알게 됐다고 아이는 말했다. "아이 숫자대로 돈이 나오는 거야. 아이 하나당 몇십만 원씩. 이렇게 모든 게 다 돈으로 환산되더라구." 인생게임이라는 거창한 제목을 갖고 있지만, 그 게임이 담고 있는 인생의 목표란 결국 돈이었다.

아이는 더 이상 수영장 딸린 집에서 아이 셋을 낳고 그 아이들에게 저마다의 특색 있는 방을 주는 꿈을 꾸지 않는다. 그건 쉽게 상상할 만큼 현실적인 꿈이 아니기 때문이다. 대신 이제는 그럴 듯한 대학에 가서 전공을 살려 직업을 갖는 현실적인 꿈을 꾸고 있다. 물론 그것조차 꿈꾸면 얻을 수 있는 현실적인 것인지는 모르겠지만.

"여리고 여린 사람의 마음으로 너무도 푸른 꿈을 꾸는구나." 〈선덕여왕〉에서 미실^{고현정}이 죽기 바로 전 마지막으로 남긴 대사가 떠오른다. 미실은 너무나 세상을 잘 알고 있었다. 누군가와 나눌 수 있는 것은 세상에 결코 없고, 그것은 사랑하는 사람과도 마찬가지라는 걸. 그러니 사람은 그에게 결코 목표가 될 수 없었다. 비극적이지만 그게 우리네 현실이라는 걸 살면 살수록 절감하게 된다. 꿈을 꾸는 일은 그래서 갈수록 고통스러운 일이 되어간다. 오히려

그래서일 게다. 아이와 그토록 자본 친화적 가치관을 가진
게임을 하면서도 푸르디푸른 꿈을 늘어놓을 수 있던 때가
더더욱 소중하게 다가오는 건.

"좋은 경기란 이긴 경기를 말하는 게 아니야. 졌어도 잘 싸운 경기를 말하는 것이고, 누가 이겼든 결과보다 과정이 아름다웠던 경기를 말하는 거지." 친구의 그 말을 들을 때 나는 우리가 사는 삶도 마찬가지라 생각했다. 좋은 경기, 좋은 삶.

Part 4.

"그날 드림즈는 7연패 중이었는데 하필 타이탄즈 투수가 지금 강두기 선수 같은 국가대표 1선발 최소원 선수를 내보낸 거예요. 모든 팀들이 드림즈한테는 3승을 따내려고 오히려 좋은 선발 투수들을 다 내보냈거든요. 뒤에서 아저씨들은 감독 자르라고 막 소리도 지르고 정말 난리였죠. 근데 그때 엄상구 선수가 3점짜리 홈런을 쳤어요. 감독 자르라고 욕하던 아저씨들도, 우리 아빠도 홈런 하나에 그 자리에서 방방 뛰면서 울었어요. 다 큰 어른들이."

"좋은 경기였네요."

– 〈스토브리그〉

좋은 경기, 좋은 삶

내게 야구라고 하면 프로야구 초창기였던 삼미 슈퍼스타즈, MBC청룡, 해태 타이거즈가 있던 시절의 이야기다. 너구리 장명부와 불사조 박철순이 투혼을 벌이던, 내가 초등학교를 다니던 시절의 이야기. 그때는 꽤 열심히 응원하고 TV 중계도 챙겨 보았다. 리틀야구단이 하나의 붐처럼 일던 시절이었다. 리틀야구단에 들었다며 OB베어스 유니폼을 입고 다니는 친구들도 있었다. 나도 하고 싶었지만 그때는 집안 형편이 여의치 않았다.

하지만 야구에 대한 이런 막연한 동경과 판타지는 중학교에 들어가면서 완전히 깨졌다. 럭비부, 축구부, 야구부, 역도부 등등 여러 운동부를 갖고 있던 중학교에서 야구부는 그 근처에도 가면 안 되는 험악한 곳이었다. 한번은 뭣도 모르고 근처에 갔다가 영문도 모른 채 방망이로 얻어맞았다. 워낙 학생들이 패싸움을 자주 벌여서인지 학교는 이를 스포츠로 풀겠다며 정기적으로 학교대항전을 벌였는데, 그때마다 우리는 웃통 벗고 스탠드에서 카드 섹션을 더한 응원전을 준비해야 했다.

맨살과 운동복의 색깔을 이용해 학교 상징인 독수리가 날개를 펴는 동작을 카드 섹션으로 준비할 때는 소금을 먹어가며 해야 할 정도로 힘이 들었다. 경기 당일, 상대 학교가 카드섹션으로 호랑이가 마구 뛰어다니는 동작을 연출했을 때 우리는 웃음을 터트렸다. 우리는 힘든 것도 아니었다는 생각이 들어서였다. 야구 경기에서 진 상대 쪽 학생들이 우르르 운동장으로 뛰어 들어오자 우리도 기다렸다는 듯이 뛰어들어 한바탕 패싸움이 벌어지기도 했다. 그때 야구에 대한 기억은 최악이었다.

대학 시절 어느 봄날, 친구가 공짜 표가 생겼다며 프로야구 경기를 보러 가자고 했다. 그다지 관심도 없었고, 안 좋은 기억도 있었지만 친구의 제안이라 거절할 수 없어 경기장에 따라갔다. 그런데 경기장에 도착하자 이상하게 기분이 좋았다. 경기가 시작되기 전 넓은 경기장과 파란 잔디를 바라보고 있는 것만으로도 그랬다. 친구와 맥주 한 잔을 마시며 두런두런 이야기를 나눴다. 프로야구광인 친구는 야구가 어째서 축구보다 더 좋은 스포츠인지 꽤 길게 이야기를 늘어놓았다.

사람들이 야구에 미치는 진짜 이유는 '한가롭기' 때문이라고 했다. 시간제한이 있는 축구와 달리 이리 뛰고 저리 뛰고 할 필요가 없다는 것. 또 철저히 룰에 의해 굴러가고 기회도 공정하게 한 번씩 주어진다. 그 기회를 살려내는 팀이 승리하는 경기가 야구라는 것이다. 가끔 호프집에 앉아서 그 친구와 맥주를 마시며 프로야구를 보기도 했는데, 실제로 야구는 수다를 떨면서 즐기기에 최적인 스포츠였다.

그런데 친구가 야구에 그렇게 빠져든 건 야구와 달리 룰대로 움직이지 않는 자신의 사회생활 때문이기도 했다. 친구는 당시 보험소장 일을 했는데, 그렇게까지 해야 하는가 싶을 정도로 가혹한 일들 투성이였다. 실적을 올리기 위해서라면 인간적인 모멸감을 느끼게 할 정도로 설계사들을 몰아붙이는 일도 다반사라고 했다. 친구는 한 달이 째각째각 터질 날을 향해 가는 시한폭탄 같다고 했다. 실적을 채우지 못하면 회사에서 대놓고 자신 보고 실적을 메우라고 압력을 기한다고 했다. 회사를 다니기 위해서는 편법이지만 그걸 감수해야 한다고. 실제로 나는 그 친구가 들어달라는 보험을 들어준 적이 있다. 물론 돈은 친구가 채웠지만.

생각해보면 중학교 시절에 야구가 그렇게 싫었던 건 경기 자체를 즐길 수 없었기 때문이었다. 대항전은 룰대로 경기가 운영되지 못했다. 심지어 럭비는 현저히 접수 차이가 나서 도저히 이길 수 없는 상황이 되면 거의 싸움이 붙었다. 주심이 못 보게 가린 상태에서 날카로운 스파이크로 상대편을 밟아버리는 일이 허다했다. 야구 같은 경기도 승패에 집착하니 한가로울 수가 없었다. 카드 섹션으로 일사분란하게 움직였던 독수리와 호랑이는 경기가 끝나면 모두 산산이 깨져 운동장으로 쏟아져 나와 엉망진창으로 뒤엉켰다.

친구가 야구를 좋아한 건 응원하는 팀이 잘해서가 아니었다. 이기거나 지거나 룰대로 굴러가는 경기를 바라보는 것 자체를 친구는 즐기고 있었다. 흔히 야구를 통계스포츠라고 한다. 최소한 룰대로 움직이는 경기라 전적을 통해 어느 정도 예측을 할 수 있기 때문이다. 그건 아마도 그 친구가 하는 일과 비교될 수밖에 없었을 게다. 자신이 하고 있는 일은 결코 '좋은 경기'가 아니었다. 룰대로 굴러가는 게 아니라 편법이 마구 동원되었으니.

"좋은 경기란 이긴 경기를 말하는 게 아니야. 졌어도 잘 싸운 경기를 말하는 것이고, 누가 이겼든 결과보다 과정이 아름다웠던 경기를 말하는 거지." 친구의 그 말을 들을 때 나는 우리가 사는 삶도 마찬가지라 생각했다. 좋은 경기, 좋은 삶.

"이 낙타 그림이 뭔지 알아? 사막의 유목민들은 밤에 낙타를 이렇게 나무에 묶어두지. 근데 아침에 끈을 풀어, 보다시피. 그래도 낙타는 도망가지 않아. 나무에 끈이 묶인 밤을 기억하거든. 우리가 지난 상처를 기억하듯 과거의 상처가, 트라우마가 현재의 우리의 발목을 잡는단 얘기지."

- 〈괜찮아 사랑이야〉

트라우마가 발목을 잡을 때

책을 내고 출판사가 마련한 갖가지 행사에 갈 때마다 항상
마음에 걸리는 한 가지가 있다. 그건 행사가 끝날 때 으레
하는 책 사인회다. 줄을 선 독자들이 책을 내밀면 머리가
하얘졌고 손이 떨렸다. 적어주고픈 글은 너무나 많은데 손
이 따라주지 못했다. 악필 중의 악필인데다, 누가 쳐다보
고 있으면 손이 떨려 더 글자가 춤을 췄다. 독자의 이름을
묻고 이름을 적고 사인을 하고 아주 간단한 응원의 글을
덧붙이는 것이 내게는 너무나 어려운 일이다. 그래서 행사
를 할 때 아예 지독한 악필이라 사인은 좀 자제해달라고
부탁한 적도 있다. 그래도 요청하는 독자들을 외면할 수는

없었다.

사인만이 문제가 아니다. 육필로 써야만 하는 모든 일이 고역이다. 예를 들어 계약서에 이름, 주소, 생년월일, 계좌번호 같은 걸 적는 것도 쉽지 않다. 그래서 출판사에 미리 인적사항을 알려주고 타이핑된 계약서에 사인만 하는 방식을 선호한다. 외국에 가게 될 때 비행기에서 쓰는 입국신고서는 대부분 아내보고 써 달라고 한다. 아내가 예쁜 글씨로 빠르게 척척 써내는 걸 나는 고마우면서도 신기하게 바라보곤 한다.

어머니는 어려서부터 내 공책의 글씨를 보고 "지렁이가 기어간다"고 말씀하셨다. 좀 고쳐보라고 채근하시기도 했지만 그게 어디 마음대로 되는 일인가. 그 탓에 고등학교 때 내 공책은 나만 알아보는 일종의 '암호장'으로 불리기도 했다. 필기를 복사하려는 친구들은 "너 일부러 이렇게 지렁이처럼 쓰는 거지?" 하고 농담했다. 대학에서도 글씨가 문제였다. 서술형 답을 시험지에 또박또박 쓰려다 보니 시험지 반도 채우지 못해 시간이 다 차는 경우도 있었다. 글 쓰는 건 어렵지 않은데 글씨 쓰는 일이 어려워 망친 시험이 한두 개가 아니었다.

그나마 대학시절에 워드프로세서나 PC 같은 게 나오

면서 나는 한숨을 돌릴 수 있었다. 리포트를 원고지가 아닌 에이포지에 찍어 내라는 교수님들의 요구가 내게는 축복처럼 다가왔다. 컴퓨터가 나오지 않았다면 아마도 나는 글 쓰는 일을 하지 못했을 게다. 글씨 쓰는 일이 그렇게 고역이니 말이다.

〈괜찮아 사랑이야〉에서 장재열^{조인성}은 화장실에 걸린 낙타그림을 보면서 지해수^{공효진}에게 트라우마에 대해 이야기한다. 밤새 묶여 있던 걸 기억하는 낙타가 아침에 줄을 풀어도 달아나지 않는 건 묶여 있던 밤의 상처가 만든 트라우마 때문이라는 것. 그 장면을 보다 나는 아내에게 "나도 트라우마 있어"라고 고백했다. 그게 뭐냐고 놀라는 얼굴로 묻는 아내에게 "글씨 쓰는 거"라고 말하자 아내는 피식 웃었다.

"다시 써와." 선생님은 다섯 번째 그렇게 말씀하셨다. 전날 낸 글짓기 숙제를 한 공책에 내가 봐도 삐뚤빼뚤한 글씨가 눈에 들어왔다. 하지만 정성을 다해 또박또박 글자를 쓰려 해도 자꾸만 글자들이 삐뚤빼뚤해졌다. 갈수록 나아지기는커녕 점점 글씨는 지렁이처럼 어지러워졌다. 교실에는 아무도 없었다. 친구들은 이미 끝나고 집으로 돌아간 지 오래였고, 선생님과 나만 남아 글씨를 쓰고 또 썼다.

숙제를 여섯 번째 다시 반쯤 써나갈 때 공책 위로 눈물이 뚝뚝 떨어졌다. 내가 무슨 잘못을 해서 이런 벌을 받고 있는지 이해할 수 없었고 그래서 서러움이 북받쳐 올랐다. 선생님은 결국 눈물 자국이 가득한 공책을 보고서야 "이제 그만 가도 좋다"고 말씀하셨다.

초등학교 때 어느 방과 후에 겪은 이 일은 오래도록 내 기억에 남았다. 글씨를 쓰는 일은 그 후로 하나의 트라우마가 되었다. 아내는 그런 내게 DJ DOC의 노래 한 구절을 불러주었다. "숟가락질 잘해야만 밥 잘 먹나요~" 그래서 이제는 그나마 감사하다는 생각을 한다. 트라우마가 글씨였으니 망정이지, 글이었으면 어쩔 뻔했나.

"나 이제 그만 노력할래. 최선을 다하는 것도 이제 지겹다."

– 〈슬기로운 감빵생활〉

나 이제 그만 노력할래

중학교 때 만화방에 가면 제일 먼저 이현세 화백의 만화를 찾았다. 그때 봤던 《까치의 제5계절》이나 《떠돌이 까치》 같은 작품 속에서 까치 오혜성은 어딘가 사회에서 소외된 인물이었다. 그 소외된 인물이 야구 같은 스포츠를 통해 억눌린 감정을 폭발시키는 이야기는 너무나 매력적이었다. 그러다 1983년 《공포의 외인구단》이라는 작품이 등장했다. 가난한데다 치명적인 부상까지 입은 주인공 까치가 자신처럼 세상에서 빗겨난 인물들과 함께 프로야구의 판도를 완전히 뒤집어버리는 이야기였다. 이 만화는 내게 이렇게 말하고 있었다. "포기하지 말고 상상 그 이상의 노력을 하면 결국 정상에 오를 수 있다."

그로부터 삼십사 년이 지난 2017년, 〈슬기로운 감빵생활〉이라는 드라마가 방영됐다. 이 드라마에는 프로야구 선수 김제혁[박해수]이 등장한다. 그는 메이저 리그 진출을 앞두고 있던 촉망받는 좌완 투수였다. 그러나 동생을 겁탈하려던 사내를 따라가 때려 죽게 만든 죄로 감방생활을 하게 된다. 그것도 모자라 감방에서의 알력 다툼에 휘말려 왼쪽 어깨를 다치게 되고 사실상 야구선수로서 사망선고를 받게 된다. 까치와 비슷한 밑바닥으로 추락하게 된 것이다. 까치였다면 어떻게든 포기하지 않는 집념으로 재기를 꿈꾸겠지만 제혁은 까치와는 너무나 다른 선택을 한다. "나 이제 그만 노력할래. 최선을 다하는 것도 이제 지겹다." 그는 은퇴를 선언한다.

그는 '인내의 아이콘'이었고 '노력의 아이콘'이었다. 교통사고를 당했을 때 인내와 노력으로 재기에 성공했던 그였다. 그래서 어깨를 다쳤다는 소식에도 팬들은 그가 재활치료를 통해 재기할 거라 믿었다. 하지만 그는 다른 선택을 한다. 심지어 "야구만 은퇴하면 뭐든 잘할 수 있을 것 같다"고 말한다. 그는 야구를 정말 좋아했던 것이 아니었을까? 너무나 좋아했기 때문에 불굴의 의지로 그 어려웠던 시기를 극복해왔던 게 아니었나? 사실 제아무리 야구를 좋아한다고 해도 죽을 것 같은 고통을 참아내며 반복하는 재활치료가 즐거웠을 리 없다. 인내와 노력은 쓰다. 결과는 달지 모르겠지만.

세상에는 한 가지 일에 뛰어들어 각고의 노력 끝에 성공하는 이들이 있다. 하지만 그렇게 성공하는 이들의 뒤편에는 실패하는 이들이 더 많다. 그럼에도 그들은 포기하지 않는다. '노력하면 안 되는 일 없다'는 표어가 머리부터 가슴까지 가득 채워져 있기 때문이다.

하지만 과연 노력하면 안 되는 일이 없을까? 아픈 얘기지만 우리 사회에서는 어떤 정해진 조건 때문에 되는 일과 안 되는 일이 분명히 나눠지기도 한다. 예를 들어 대학을 못 나온 사람이 대기업에 들어갈 확률은 죽어라 노력해도 거의 희박하다. 혹여 입사한다고 해도 대학 인맥으로 얽인 회사 내에서 그가 얼마나 버텨내며 승진할 수 있을지는 미지수다. 그나마 '성공의 사다리'가 없지 않았던 시대에는 그 작은 기회라도 얻기 위해 노력에 노력을 했지만, 그 자체가 끊겨버린 현재 노력은 덧없는 '노오력'이 되어버렸다.

1983년의 까치와 2017년의 김제혁이 다른 선택을 한 건 이 '감빵생활' 같은 도무지 바뀔 것 같지 않은 현실 속에서 행복해질 수 있는 방법이 다르기 때문이다. 까치는 뼈를 깎는 노력을 하면 성공할 수 있던 시대의 캐릭터고, 김제혁은 그 노력이 덧없는 노오력이 되어버린 시대의 캐릭터다. 그러니 최선을 다하는 것이 지겨울밖에. 삶이 감빵생활이라도 슬기롭게 대처하면 행복해질 수 있다.

김제혁의 선택은 사회가 보기에는 바보 같은 선택이고 패배자 같은 선택처럼 보일지 몰라도 자신에게는 최선의 '슬기로운 선택'이었다. 없는 희망을 애써 붙잡으려 안간힘 쓰기보다는 빨리 포기하고 현실적인 행복을 선택하는 것이 훨씬 현명하기 때문이다. 현재 우리가 막막한 현실과 맞닥뜨려 갖게 된 '슬기로운 선택'과 그리 다르지 않아 보인다. 도대체 현재를 희생시키고 포기하면서 얻는 미래의 성공과 꿈이 무슨 의미가 있을까? 그것도 불확실한 미래의.

모두가 노력하고 최선을 다하는 일이라고 해도 그것이 모두가 추구해야 하는 꿈은 아닐 것이다. 하나를 포기하는 지점에서 또 다른 꿈은 만들 수 있지 않을까? 그것만이 내 삶의 유일한 꿈이라며 포기하지 않는 이에게 또 다른 꿈은 생기지 않는다.

그만 노력하자, 아무리 노력해도 되지 않는 일에. 그만 최선을 다하자, 최선을 다한다고 해서 얻어지는 것도 없는 일에.

나 이제 그만 노력할래
최선을 다하는 것도 이제 지겹다

"잘 자는 건 좋은 거니까.
잘 일어나고 잘 먹고 잘 일하고 쉬고
그리고 잘 자면 그게 정말 좋은 인생이니까.
그러니 모두 굿나잇."

– 〈날씨가 좋으면 찾아가겠어요〉

잠을 잘 잔다는 것

"하룻밤 자고 가도 되겠습니까?"

강릉에 볼일이 있어 왔다가 무작정 월정사를 찾아가 충동적으로 그렇게 물었다. 스님은 뒤쪽에 가면 나 같은 손님들을 위한 숙소가 있다고 했다. 다만 그 옆에 수행하는 스님들이 기거하고 있으니 조용히 지내라고 했다. 하룻밤 방을 이용하는 것에 대한 비용으로 시주(?)를 하고 안내를 받아 방으로 들어갔다.

세상에 이렇게 단출한 방이 있을까? 벽에 옷을 걸어놓을 옷걸이 하나, 방바닥에 이불, 요, 베개, 그게 전부였다. 그 방은 내게 확실한 한 가지 메시지만을 던졌다. 잠을 자라는 것. 그 이외에 할 수 있는 건 없었다. 나만 가만히 앉아 있으면 아무 소리도 들리지 않고, 불을 끄면 깜깜 절벽이 되어버리는 그 방. 나는 참 오랜만에 어둠과 고요를 느꼈다.

나는 자주 잠을 이루지 못했다. 텔레비전 방송을 보고 글을 쓰는 일이 직업인지라 밤늦게까지 봐야 할 프로그램들이 넘쳐났다. 그렇게 1시, 2시까지 잠을 못 자다 보니 나중에는 별로 할 일이 없는데도 잠이 오지 않았다. 하지만 아침에 일찍 일어나 마감 원고를 써야 해서 잠은 항상 부족했다. 하루 네 시간 정도만 잤고, 점심 때 잠깐씩 조는 것으로 부족한 잠을 보충한다. 그래서 잠을 자고 개운했던 기억은 너무나 오래 전 일이 되어버렸다.

월정사의 그 방에서 나는 거의 기절하듯 잠이 들었다. 할 수 있는 게 잠을 자는 것밖에 없다고 말하는 방에 들어가 누워 있으니 저절로 잠이 쏟아졌다. 몇 년간 자지 못한 사람처럼 아무런 잡념 없이 잠을 잤다. 아침에 문에 비치는 햇살에 눈을 떴을 때 머리가 개운했다. 자고 일어나도 머리가 무겁고 그래서 두통약이라도 찾듯 커피를 내려 카페인을 보충했던 아침과는 너무나 달랐다. 그때 알았다, 잠을 잘 잔다는 것이 얼마나 큰 행복인지를.

이도우 작가의 원작소설을 드라마화한〈날씨가 좋으면 찾아가겠어요〉를 보다 문득 그 월정사의 방이 떠올랐다. 극 중 은섭^{서강준}은 고등학교 시절 노트에 이렇게 적어두었다. '잘 자는 건 좋은 거니까. 잘 일어나고 잘 먹고 잘 일하고 쉬고 그리고 잘 자면 그게 정말 좋은 인생이니까. 그러니 모두 굿나잇.' 잘 자고 먹고 쉬는 것이 '좋은 인생'이라는 어마어마한 가치부여가 그저 비약이나 과장만은 아니라는 생각이 들었다. 좋은 인생이란 월정사의 그 방처럼 단출한 데서 얻어지는 어떤 것이 아닐까?

산사의 소박한 아침을 먹고 하늘을 향해 쭉쭉 뻗어 올라간 전나무들 사이로 난 길을 걸어 내려가며 나는 다짐했다. 좀 더 단출하게 삶을 정리할 필요가 있겠다고. 먼저 내 방부터 치워놓을 건 치워야겠다고.

하지만 어디 삶이 생각대로 돌아갈까? 집으로 돌아온 나는 언제 그랬냐는 듯 다시 똑같은 불면의 시간을 버티며 살아가고 있다. 그래도 달라진 게 있다면 누워서 잠이 오지 않을 때 애써 그 월정사의 방을 떠올리곤 한다는 것이다. 아무것도 없고, 아무 소리도 나지 않고, 아무 빛도 없던 그 방에 누워 있는 상상. 그 기억이 나를 조금씩 잠으로 이끌어주었다.

"나, 오혜원. 일하러 간다. 이건 내 개인 전용 번호야. 다른 이름으로 저장해. 난 네 집이 맘에 들어. 어제 나 혼자 들어갈 때는 좀 겁이 났지만. 위험했지. 가파르고 비가 와서 미끄럽고. 다시 내려갈까 계단 하나마다 망설였어. 그런데 그 순간에도 넘어지면 안 된다, 혹시라도 다리가 부러지면 사람들한테 거짓말을 해야 한다, 그런 생각에 있는 힘을 다해 조심했단다.

그렇게 계단을 무사히 올라 어둡고 비좁은 통로를 지나가는데…… 참 좋더라, 여기를 지나면 네 집에 들어간다는 게. 불을 켜고 하마터면 울 뻔했어. 이게 집이지. 집이란 이런 거지. 나는 어디서나 주로 서 있고, 때로는 구두를 신은 채로 자는 사람이잖니. 그 공간이 온전히 나한테 허락된 것 같았고, 너희 어머니께 감사했어. 그래서 내 맘대로 막 왔다 갔다 했어. 하지만 또 누가 알면 안 되는 일이라 나도 모르게 까치발을 하게 되더라. 나야 각종 거짓말에 이골이 난 사람이지만 너까지 그렇게 만들 순 없잖니. 내가 더 조심해야지. 그런 유치한 생각. 그런데 너도 많이 조심해줬으면 해. 이건 더 유치한가?

아, 사발면 하나 있길래 먹었어. 후룩거리면 너 깰까 봐 옥상에 나가서. 뭘 그렇게 맛있게 먹어본 게 얼마 만인지 몰라. 네가 한 말이 생각나더라. 어깨가 빠지도록 연습하면서 라흐마니노프를, 파가니니를 끝까지 즐겨주는 거, 최고로 사랑해주는 거, 그게 무슨 뜻인지 실감이 났어. 난 참 이상하게 살잖니. 그래서 이제 나는, 네 집을, 너라는 애를…… 감히 사랑한단 말을 못하겠어. 다만, 너한테 배워볼게. 그러니 선재야. 영어, 독일어 잘 몰라도 한없이 총명한 선재야, 세상에서 이건 불륜이고 너한테 해로운 일이고 죄악이지. 지혜롭게 잘 숨고 너 자신을 지켜. 더러운 건 내가 상대해. 그게 내 전공이거든. 엄청 오글거렸지? 이제 손발 펴고 아침 먹어."

- 〈밀회〉

더러운 건 내가 상대해

"아침에 어린이집에 데려갈 때부터 아이는 어딘지 잔뜩 뿔이 나 있었어. 가장 아끼는 장난감 자동차를 막 던지더라구. 그래도 어떡해. 어린이집에 안 가면 출근할 수가 없는 걸. 억지로 보채는 애를 달래서 겨우 겨우 어린이집에 데려다 주고 나오는데 아이가 빽 하고 울더라고. 다시 돌아가 달래줄까 하다가 그만뒀어. 그래 봐야 더 울 걸 뻔히 아니까. 그래도 엄마라고 애 우는 소리 들으면서 출근하는 발걸음이 무겁더라."

잡지사에 다닐 때 마감하느라 꼬박 밤을 새고 아침에

인쇄소에 필름을 넘긴 후였다. 전철을 타고 퇴근하는 길에 문득 연말 동창 망년회에서 한 대학 동기가 했던 말이 떠올랐다. 일산으로 들어가는 지하철은 텅 비어 있었다. 반면 반대쪽은 출근하는 사람들로 지하철이 미어터졌다. 지하철 창문에 다닥다닥 붙어 있는 얼굴들에서 웃음기는 찾아볼 수 없었다. 대부분 굳은 표정으로 핸드폰에 고개를 처박고 있었다. 즐거울 일이 뭐가 있겠나. 목구멍이 포도청이라 꾸역꾸역 출근하는 발걸음이 무겁게만 보였다.

"그날은 정말 회사 가기 싫었어. 마케팅팀에서 내게 요구한 일이 있었거든. 식약처에 허가를 받아야 하는 일인데 평소와 달리 까다롭게 구는 거야. 보통은 허가를 내주는데 무엇 때문인지 안 해주는 바람에 그날은 마케팅팀에 가서 석고대죄를 해야 하는 상황이었어. 회사에서 식약처 허가 담당이 나였거든. 정말 도살장에 끌려가는 소가 따로 없더라. 그래도 어쩌겠니. 하기 싫어도 해야 하고 잘못한 것 없어도 책임져야 하는 게 회사원이잖니."

일산은 아침이면 서울로 가는 사람들로 지하철역이 북

적인다. 그들이 빠져나가고 나면 어쩐지 일산 전체가 한산해지는 느낌이다. 잡지사를 다닐 때는 잘 몰랐는데 회사를 그만두고 집에서 프리랜서로 일하면서 낮이면 일산이 텅 빈 유령도시 같이 된다는 걸 실감했다. 도서관이나 마트에 가도 별로 사람이 없다. 그 많은 사람이 서울로 출근한 것이다. 지하철을 가득 메운 회사원들은 저마다 무슨 생각을 할까?

> "평소에도 쉽진 않았지만 그날은 정말 회사 때려치우고 싶더라. 따지고 보면 내가 잘못한 것도 아니잖아. 허가를 안 내주는 건 저들인데 마케팅팀에서는 그게 다 내 책임이라는 식으로 몰아붙였어. 하긴 회사라는 데가 그렇잖아. 뭔가 잘못되면 그 진짜 원인을 찾기보다는 책임질 사람부터 찾는 거. 그 와중에 계속 시어머니한테 전화가 왔어. 어린이집에서 아이를 데려왔는데 장난감이 부서졌다고 울며불며 난리라는 거야. 지가 던져놓고 나보고 어쩌라는 거야. 회사고 집이고 다 잊어버리고 어디론가 잠적하고 싶더라. 핸드폰 안 터지는 그런 곳에 방 하나 잡아놓고 하루 종일 잠만 자고 싶었어."

잡지 마감하느라 밤을 새웠던 탓인지 깜박 졸았던 모양이었다. 갑자기 울리는 전화벨 소리에 깼더니 지하철은 이미 집 근처 역에 도착해 있었다. 급하게 내리면서 전화를 받았는데 편집주간이 빽 소리를 질렀다. 오자가 난 모양이었다. 평상시에는 오자 하나 정도야 그냥 넘어가기도 했지만 하필이면 그 오자가 '기사식 광고'에서 났다며 잡지 하나하나 다 스티커 작업을 해야 한다며 화를 냈다. 편집장이라고는 하나 기자도 한 명 없어 기획, 취재, 원고 작성부터 대필까지 하고 심지어 편집 디자인과 인쇄 마무리까지 혼자 하는 상황은 까마득히 잊은 모양이었다. 그렇게 혼자 다 하는데 오자가 안 날 턱이 있나. 그런데도 오자 하나 났다고 화들짝하는 편집주간이 짜증났다. 하지만 어쩌겠나, 그게 회사원들의 처지인걸. "죄송합니다. 책 나오면 스티커 작업할게요."

"퇴근해 집으로 가는 길에 장난감 가게에 들러서 자동차 하나를 샀어. 정말 지옥 같은 하루였고 몸이 파김치가 됐는데 이상하게도 손에 든 자동차가 힘이 되더라. 그 자동차를 보고 좋아할 아이가 눈에 선하더라구. 이런 게 회사생활이라는 걸 알았어. 회사에서 별의별 일

을 다 겪어 너덜너덜해지다가도 집에 갈 때면 마음이
설레는 거. 더러운 사회생활 깊숙이 들어갔다 나와서
그런지 정말 소소하고 소박한 것들조차 소중해지는 그
런 느낌."

아침에 출근하려 바쁘게 움직이는 사람들을 볼 때면
나는 가끔 그 친구의 이야기를 떠올린다. 마음이 짠해졌다
가 뭉클해졌다가 따뜻해졌다. 누군가를 위해 기꺼이 힘든
일을 감수하는 그들의 마음이 반짝반짝 빛나 보였다. 그
어떤 화려한 것보다 눈이 부시게.

"들킬까 봐 쩔쩔매면서 사는 게 얼마나 초라했는 줄 아냐고? 그래도 참았어. 난 괴로워도 아빠는 좋을 테니까."

"이런 등신 천치 같은 게! 그걸 말이라고 해? 거짓말에 기뻐할 부모가 세상천지 어디에 있다고!"

"그냥 차세리 갖고는 아빠가 만족을 못했잖아. 누군 거짓말 하고 싶어서 해? 뻥치고 싶어서 치냐고! B만 받아도 당장 목소리부터 달라졌잖아. 공부 잘하는 자식만 자식이라는 생각 들게 만들었잖아? 들통나니까 차라리 후련하더라. 멍청하게 내가 왜 여태 이러고 살았나 싶고. 나 이제 더 이상 아빠가 원하는 딸 노릇하기 싫어. 난 아빠 플랜대로 살기 싫어! 피라미드 꼭대기? 아빠도 못 올라간 주제에 왜 우리 보고 올라가래?"

- 〈SKY 캐슬〉

미친 존재감이 인정받는 시대

아이는 지하철역을 몽땅 외우고 있었다. 빈 도화지를 주면 그 위에 복잡한 서울의 지하철 노선도를 빽빽하게 그려냈다. SBS 〈영재발굴단〉이라는 프로그램에서 '지하철 영재'로 불린 열세 살 이준혁 군은 서울뿐만 아니라 전국의 지하철 노선을 전부 외웠고, 역 이름의 한자와 유래까지 꿰고 있었다. 그뿐만이 아니었다. 역 간 거리는 물론이고 그 역의 몇 번 출구로 나가면 어떤 거리가 있는지도 알고 있었고, 심지어 역의 상권과 유동인구, 교통상황까지 파악하고 있었다.

이준혁 군의 이야기를 보면서 놀란 건 단지 이 소년의

놀라운 능력 때문만이 아니었다. 더 놀라운 건 아이가 지하철에 마음껏 빠지도록 허용한 부모와 지하철 노선을 꿰고 있는 걸 '영재'라고 지칭한 이 프로그램이었다. 초등학교 때부터 일찌감치 입시교육에 들어가는 현실 속에서 이준혁 군의 부모는 어떻게 아이가 이렇게 지하철에 빠지도록 내버려둘 수 있었을까?

이제 전국의 지하철 노선을 다 섭렵한 아이는 아직 개통되지 않은 가상노선들을 설계하고 있었다. 그 가상노선은 상권, 유동인구, 교통을 염두에 두고 환승역 같은 걸 하나하나 결정해서 설계한 것이었다. 그런데 이렇게 지나치다 싶을 정도로 지하철에 빠져 있는 아이를 놀랍게도 엄마는 든든하게 지원해주고 있었다. 아이는 대전의 미개통 구간을 설계했는데, 엄마는 그 노선도를 가지고 아이와 함께 대전의 관할부서를 찾았다. 그리고 아이가 설계한 거라며 전문가들에게 보여줬다. 전문가들은 모두 깜짝 놀랐다. 자신들이 계획하고 있는 노선과 거의 일치한다며 이렇게 말했다. "너 우리랑 같이 해볼래?"

처음에 이준혁 군의 이야기를 보면서 지하철이 너무 좋아서 노선을 외우는 게 도대체 무슨 쓸모가 있을까 생각했다. 하지만 그 사소해 보이는 관심이 의외로 엄청난 결과로 이어진다는 걸 알고는 내 생각이 단단히 잘못되었음을 깨달았다. 나는 혹시 어떤 정해진 성공의 길을 머릿속에 그려놓고 그 길로 가야만 성공할 수 있다고 생각했던 건 아니었을까? 물론 학창시절에 공부하는 건 당연히 중요하지만, 공부만이 반드시 미래를 결정하는 건 아니다.

자동차에 빠져 있던 이제 겨우 열한 살 김건이라는 아이의 이야기도 이런 나의 편견을 사정없이 부서버렸다. 자동차 미니어처에 푹 빠져 일찍이 자동차에 관심을 갖게 됐다는 건이는 아파트 옥상에서 지나가는 차의 윗부분만 보고도 그 차의 연식과 기종을 맞추는 놀라운 능력을 보여주었다.

이것이 무슨 특별한 재능이 될까 싶지만 이 아이가 해낸 일은 실로 놀라운 일이 아닐 수 없었다. 바로 뺑소니범을 잡은 것이다. 아이는 CCTV에 흐릿하게 찍혀 경찰도 확인할 수 없었던 뺑소니차의 기종과 연식을 정확히 맞췄고, 그것이 단서가 되어 뺑소니범은 검거되었다. 건이는 경찰청의 표창을 받았고 BMW가 만든 'First Drive'라는 콘셉트의 광고 캠페인 모델이 되었다.

누구나 성공하고 싶고 세상의 주인공이 되고 싶어 한다. 하지만 우리는 자신도 모르게 세상의 주인공인 어떤 모델을 떠올리고, 그 모델이 되기 위해 해야 할 것, 갖춰야 할 것들을 준비해야 한다고 생각한다. 열심히 공부해서 좋은 대학에 가야 하고, 그래서 좋은 직장에 들어가고, 괜찮은 집안의 배우자와 결혼하고, 강남에 몇 평 이상의 아파트를 소유하고 차는……. 그런 기준들을 우리는 부지불식간에 갖게 되었다.

〈SKY 캐슬〉이 신드롬을 일으키며 화제가 됐을 때, 드라마에 등장하는 가정 중 가장 마음 아프게 다가왔던 가정은 바로 세리네 집이었다. 피라미드 꼭대기에 올라가야 살아남을 수 있다고 믿는 아버지 때문에 불행을 겪는 아이들. '세상에! 요즘 저런 아버지가 어딨어.' 하면서도 곰곰 생각해보니 정도의 차이만 있을 뿐 우리도 아이가 좋은 대학을 가야 좀 더 나은 현실을 맞이할 수 있다고 생각하는 부모였다. 그것이 우리가 겪어온, 또 겪고 있는 현실이기도 하니 말이다.

직업 특성상 오랜 기간 드라마를 보다 보니 요즘은 정말 주인공의 개념이 달라지고 있다는 걸 실감한다. 한때 드라마는 남녀 주인공에만 집중되는 경향이 있었다. 하지만 최근 들어 드라마 한 편에 여러 명의 주인공이 등장하고, 주인공이 아니어도 '미친 존재감'으로 불리며 주인공

이상으로 주목되는 인물들이 등장한다. 이런 추세는 드라마를 보는 시청자들의 관점이 달라졌기 때문이다. 드라마가 제시하는 주인공만 보던 시대에서 이제는 시청자들이 자신의 취향에 맞는 인물을 주인공으로 받아들이는 시대로 바뀌어가고 있다.

주인공은 그래서 더 이상 정해져 있는 어떤 존재가 아니게 되었다. 주인공에 맞는 기준이 있는 것도 아니다. 다만 주인공은 누가 그렇게 봐주는가에 따라 결정되는 어떤 존재가 되었다. 지하철을 좋아하는 아이와 자동차를 좋아하는 아이가 주인공이 될 수 있었던 건 그렇게 봐준 부모가 있기 때문이었다. 그런 의미에서 우리는 모두 주인공인 셈이다. 누군가에게 분명 당신은 그 누구보다 소중한 사람일 테니.

"어릴 때요. 서른여덟 살 정도 먹으면 완벽한 어른이 될 줄 알았어요. 모든 일에 정답을 알고 옳은 결정만 하는 그런 어른이요. 그런데 서른여덟 살이 되고 뭘 깨달았는지 아세요? 결정이 옳았다 해도 결과가 옳지 않을 수 있다는 것, 그런 것만 깨닫고 있어요."

"마흔여덟 살 정도 되면 어떻게 되는 줄 알아요? 아, 이거 스포일러인데…… 옳은 건 뭐고 틀린 건 뭘까? 나한테 옳다고 해서 다른 사람한테도 옳은 것일까? 나한테 틀리다고 해서 다른 사람한테도 틀린 걸까? 내가 옳은 방향으로 살고 있다고 자부한다 해도 한 가지는 기억하자. 나도 누군가에게 개새끼일 수 있다."

- 〈검색어를 입력하세요 WWW〉

나도 누군가에게 개새끼일 수 있다

세상에 대한 억눌린 감정이 컸던 것일까? 대중문화평론가로 초창기에 썼던 글을 다시 읽어보면 날이 서 있는 느낌이 든다. 당시에는 그 글들이 온라인 포털에 오르고 글에 공감하는 댓글이 수백 개씩 붙는 것에 꽤 뿌듯해했던 것 같다. 지금 생각해보면 이제 갓 강호에 나온 섣부른 무사 같다고나 할까? 그 세워진 날에 아마도 꽤 많은 사람이 다쳤을 듯싶다.

　가끔은 메일을 통해, 혹은 아는 사람들을 통해 내 글에 반대하는 의견을 듣기도 했다. 그들 중 몇몇은 꽤 큰 상처를 입은 심경을 토로하기도 했지만, 그래도 나는 그게 평론가의 숙명이라 치부했었다. 평론가는 어쨌든 '평가'를 하는 게 일이니. 블로그를 개설하면서 포스팅마다 많은 댓글을 받았다. 그렇다고 댓글들이 모두 호의적인 건 아니었다. 아주 가끔씩 악플에 가까운 욕으로 도배된 댓글도 올라왔다. 인신공격성 댓글도 적지 않았다. 애초 블로그란 개인적인 공간이란 성격이 강하기 때문에 그런 악플들은 일종의 '무단 가택 침입' 같은 불쾌감을 주었다. 마치 내가 없는 사이에 내 집에 들어와 잔뜩 어질러 놓고 거실 한가운데 보란 듯이 똥 싸지르고 간 느낌이랄까?

그나마 화가 나긴 해도 그다지 충격이 오래가진 않았다. 그건 무시해도 될 정도로 원색적인 인신공격에 불과했으니까. 하지만 악플이 아닌 반대의견이 올라오고, 그 의견이 나름의 논리와 설득력이 있을 때는 훨씬 더 아팠다. 나는 그때마다 반대의견에 대한 반대의견을 더하며 내 생각의 옳음을 강변하려 했다. 하지만 그런 강변이 상대방에게 먹힌 적은 단 한 번도 없었다.

삼십대에는 생존과 생계를 위해 글을 썼다. 그래서 내 의견이 틀리다는 반대의견들은 어떻게든 이겨내지 않으면 안 되는 것이었다. 그러다 아무리 반론을 펼쳐도 결코 상대방을 설득시킬 수 없다는 걸 알게 되면서 내 글 역시 누군가에게는 생존과 생계를 위협하는 것일 수 있겠다는 생각이 들었다. 그렇게 사십대가 되면서 나는 생각이 조금 바뀌었다. 과연 이 시대에 누군가를 비판하고 평가하는 일이 가능할까 싶었다. 직업이 비판하고 평가하는 일이니 이런 생각은 내게 큰 딜레마로 다가왔다. 그 딜레마의 고민 끝에 나온 건 '단정'을 피하고 '일반화'보다는 이것은 나의 의견이라는 걸 드러내는 '구체적 진술'을 해야겠다는 결론이었다. 그래서 비평에서는 결코 쓰이지 않던 '아마도' 같은 단어를 쓰기 시작했고, '~이다'라는 단정보다는 '~이지 않을까' 하는 의문제기를 하기 시작했다. '객관성'이라는 명목으로 하곤 하던 '일반화'에서 벗어나기 위해 '나'를 드러내는 글을 쓰려 했다. 평론가 중에는 그런 나를 이상하게 보는 이도 적지 않았다.

작품 평가에 있어서 '일반화'만큼 아픈 건 없다. 예를 들어 어떤 영화를 보고 나는 이런 점이 좋았지만 이런 점은 별로였다고 말하면 대부분은 수긍하거나 받아들인다. 그건 그 사람의 관점을 전하는 것이기 때문이다. 하지만 이 영화는 완성도가 떨어지고 개연성도 없고 상투적이라고 화자를 쏙 빼고 말하면 작품이 객관적으로 그렇다고 평가된다. 제작자 입장에서는 그런 평가가 더 아플 수밖에 없다. 물론 나 역시 누가 봐도 엉망인 작품에 대해서는 객관적 진술을 하지만 그래도 가능하면 주관적 입장을 드러내려 하고 있다. 요즘처럼 감상평 한 줄이 훨씬 더 효과적으로 대중들의 공감대를 일으키는 시대에 객관적 사실입네 하며 잔뜩 힘을 주고 비장하게 평가하는 게 무슨 의미가 있나 싶기 때문이다. "내가 옳은 방향으로 살고 있다고 자부한다 해도 한 가지는 기억하자. 나도 누군가에게 개새끼일 수 있다."

〈검색어를 입력하세요 WWW〉에서 포털 사이트 바로의 대표인 민홍주^{권해효}가 배타미^{임수정}에게 하는 그 말은 내게 꽤 큰 위로와 위안을 줬다. 세상은 마치 '진리'가 유일무이한 것인 것처럼 말하지만 사실은 무수히 많은 진리가 있다는 걸 말해주는 대목이다. 사십대에 다시 니체를 읽다가 '세상엔 천 개의 고원과 천 개의 생각'이 있다는 그 새로운 관점에 무한한 자유로움을 느꼈던 때가 떠올랐다.

지금도 내 블로그에는 가끔씩 욕설에 가까운 댓글들이 올라온다. 하지만 나는 거기에 어떤 반대의견도 적지 않는다. 그건 무관심해서가 아니라 그들은 그렇게 생각할 수도 있다고 이제 인정하기 때문이다. 나 역시 다른 누군가에게는 개새끼일 수 있다는 걸.

전 아직 어려서 그런지
항상 옳고 싶어요
내가 맞았으면 좋겠어요

"울었냐? 나도 그래. 나도 그렇고 저 안에 짐승 같은 형사 놈들도 그렇고, 자주 울어. 사람 죽는 걸 봤는데 멀쩡한 놈이 어디 있겠냐? 그러니까 잡아야지.

야, 우리도 이렇게 힘든데 유가족들은 어떻겠냐? 유가족들이 흘린 눈물은 바다 같을 거다. 거기서 우리가 덜어줄 수 있는 양은 이거 합친 거 그 정도밖에 안 돼. 그러니까, 그런 생각으로, 죽을 각오로 범인을 찾아내서 수갑 채우는 거, 그게 우리 일인 거야.

그…… 우는 것도 좋은 방법이다. 그니까 뭐든 잘 이겨낼 수 있는 방법을 찾아봐."

- 〈시그널〉

그래야 살아갈 수 있으니까

1995년 6월 29일 저녁 6시경, 나는 서초도서관에서 막 나서는 중이었다. 갑자기 수십 대의 소방차가 사이렌을 울리며 도서관 앞 대로를 지나갔다. 도대체 무슨 일일까 의아해하며 잠시 가로수 옆에 서서 담배에 불을 붙이려는데 저편에서 먼지 같은 것이 모락모락 피어올랐다. 뭔가 심상찮은 일이 벌어졌다는 걸 직감하면서 지하철역 쪽으로 걸어가는데 사람들의 수군거림이 들려왔다. "건물이 무너졌대……" 그게 무슨 의미인지 나는 전혀 실감하지 못한 채 지하철을 타고 집으로 왔다.

집에 와서 TV를 켜자 긴박한 목소리로 전해지는 '긴급 속보'가 흘러나왔다. 서초동에 있는 삼풍백화점이 무너졌다는 거였다. 생각해보니 백화점이 무너질 때 나는 바로 한 블록 옆에 있었다. 전혀 실감이 나지 않았다. 마치 재난 영화 속 한 장면을 보는 것만 같았다. 뒤통수를 무언가에 두드려 맞은 듯한 멍한 상태가 되었다. 무너진 잔해 속에 여전히 생존자가 남아 있을 거라는 안타까운 소식이 전해졌다. 마침 내리는 비 덕분에 생존확률은 더 높아질 수 있다는 보도가 흘러나왔다. 폐허 속에서 수색작업이 밤새도록 이어졌다. 영화의 한 장면처럼 실감이 나지 않았지만, 문득 피해자 가족들은 마음이 어떨까 하는 생각이 들었다. 그러자 눈물이 주르륵 흘러내렸다.

매일 같이 쏟아져 나오던 뉴스들은 시간이 갈수록 조금씩 줄어들었고, 생존 가능성이 거의 희박해진 시점에 이르면서 점점 다른 뉴스로 채워져 갔다. 물론 피해자 가족들은 여전히 사고 시점에 시간이 멈춰 있을 터였다. 하지만 그 안타까운 사고에 같이 눈물 흘려주고, 사고를 일으킨 부실공사 책임자들을 질타하고 분노하던 사람들은 결국 자신의 일상 속으로 돌아갔다. '그래도 삶은 계속된다'는 말은 당연하게도 우리의 현실이었다.

안타까운 일이지만 그 후로도 비극적인 사건들이 계속 터졌다. 1997년에는 대한항공 여객기가 추락해 228명이 사망했고, 2003년에는 대구 지하철에 오십대 남자가 저지른 방화로 192명이 사망했다. 그리고 2014년은 대형참사의 해라고 해도 과언이 아닐 정도로 사고들이 연이어 터졌다. 경주의 한 리조트의 체육관이 붕괴해 신입생 환영회를 하던 학생과 직원 총 10명이 사망했고, 판교 공연장의 환풍구가 붕괴되어 16명이 사망했다. 그리고 세월호가 진도 앞바다에서 침몰해 미수습 된 시신을 포함해 총 304명이 사망했다. 안타까운 소식이 들려올 때마다 우리는 눈물을 흘렸다. 하지만 그걸 다 모아도 유족들이 흘린 바다 같은 눈물에는 미치지 못할 것이다. 그리고 우리는 또 살아간다.

나이가 들면서 알게 되었다, 슬픔에도 어떤 적당한 거리가 존재한다는 것을. 대학시절 친했던 후배가 졸업 후 은행에서 근무하다 어느 날 아침 갑자기 돌연사하는 사건이 터졌을 때 큰 충격을 받았다. 그래서 우리는 그 후 몇 년 동안 기일에 맞춰 벽제 납골당을 찾았다. 그렇게 만난 날은 만취하기 일쑤였다. 하지만 그 후 또 몇 년이 지나자 우리는 각자의 일상으로 돌아와 있었다.

고등학교 때부터 거의 이십 년을 지기로 지냈던 친구가 급성백혈병이 재발해 사망했다는 소식을 들었을 때도 그랬다. 우리 친구들은 꽤 오래도록 힘들었고 슬퍼했지만 다시 각자의 삶으로 돌아갔다.

누군가를 애도하고 그 안타까운 죽음에 눈물을 흘리는 일은 귀한 일이 아닐 수 없다. 그것은 우리가 타인의 삶을 이해하려 애쓰고 그 고통에 공감하려 한다는 뜻이기 때문이다. 그러나 너무 깊숙이 들어가 적당한 거리를 유지하지 않는 건 바람직하지 않다. 심지어 내 가까운 사람에게 벌어진 비극이라고 해도. 그래서 좀체 그 슬픔에서 벗어날 수 없다고 해도 우리는 어쨌든 적당한 거리를 찾아야 한다. 그래야 살아갈 수 있으니까.

우리의 삶은 생각보다 혹독하다. 누구나 가까운 이의 죽음을 경험하고, 자신도 언젠가 죽음을 마주해야 한다. 그래서 망각과 기억은 우리가 살아갈 수 있게 하는 힘이 되어준다. 물론 의지와 상관없이 벌어지는 안타까운 사건 사고들은 다시는 그런 일이 반복되지 않도록 하기 위해 반드시 기억해야 한다. 하지만 살아가기 위해 우리의 기억은 망각을 동반한다. 눈물의 바다에서 빠져나오기 위해 아픈 기억들을 지우고 좋은 기억들을 채색한다. 슬픔과의 적당한 거리가 없었다면 우리는 아마도 이 혹독한 삶에서 버텨낼 수 없었을 것이다.

우리네 사회가 그래도 괜찮을 수 있는 건, 갖가지 부담을 떠안고 묵묵히 버텨낸 존재들이 있어서다. 하지만 그들은 사실 묵묵히 침묵하며 지낸 건 아니었다. 늘 아픔을 호소하고 이를 고쳐 달라 항변했지만, 그 목소리가 모여지고 울려 퍼질 마땅한 공간이 없었을 뿐이다. 한때는 마당에서, 한때는 광장으로 모였던 그 목소리들이 이제는 인터넷 같은 디지털 광장으로 모여들고 있다. 침묵했던 목소리들이 모여 강물처럼 흘러 다니며 세상의 변화를 요구하고 있다. 결국 시스템을 바꾸는 건 한순간의 분노와 복수 같은 것이 아니라 한 사람 한 사람의 변화된 생각이고 그것이 만들어내는 커다란 공감대가 아닐까?

Part 5.

"나 너 좋아해. 좋아한다고. 야, 내가 너 땜에 무슨 짓까지 했는지 아냐? 너랑 같이 학교 가려고 매일 아침 대문 앞에서 한 시간 넘게 기다리고, 너 독서실에서 집에 올 때까지 나 너 걱정돼서 한숨도 못 잤어. 얘가 왜 이렇게 늦지? 또 잠들었나?

야. 내 신경은 온통 너였어, 너. 버스에서 우연히 마주쳤을 때, 같이 콘서트 갔을 때, 그리고 내 생일 날 너한테 셔츠 선물 받았을 때 나 정말 좋아서 돌아버리는 줄 알았어. 하루에도 열두 번도 더 보고 싶고, 만나면 그냥 좋았어. 옛날부터 얘기하고 싶었는데 나 너 진짜 좋아. 사랑해."

- 〈응답하라 1988〉

내 신경은 온통 너였어

"내 신경은 온통 너였어."

〈응답하라1988〉에서 정환^{류준열}이 덕선^{혜리}에 대한 마음을 처음으로 고백했을 때 마음 한구석이 짠했다. 갑작스런 고백에 덕선도, 그 자리에 같이 있던 동룡이^{이동휘}와 선우^{고경표}도 놀랐지만, 정환은 금세 동룡에게 "됐냐, 병신아? 이게 니 소원이라매?"라고 말해 이 진짜 고백이 실은 동룡이의 소원을 들어주기 위한 가짜인 척했다.

정환의 사랑은 늘 그랬다. 만원버스 안에서 덕선을 지키기 위해 팔뚝에 힘줄이 올라오도록 버텨내면서도 얼굴은 아무렇지 않은 듯 무표정이었고, 비 오는 날 우산을 챙겨 기다리다 덕선에게 쥐어주면서도 "일찍 다녀"라고 퉁명스럽게 한마디 했을 뿐이었다. 정환의 신경은 온통 덕선이었지만, 덕선은 그런 정환의 마음을 알아차리지 못할 만큼 둔감했다.

아마도 보통 첫사랑을 할 때의 마음이 정환 같을 게다. 상대방이 하는 말 한마디에 온 신경이 곤두서고, 상대가 하는 사소한 행동에도 가슴이 두근거리고, 연락이 없으면 마치 세상이 무너지는 것 같다가도 전화가 오면 잃어버린 나라를 되찾은 것처럼 안심하고 기뻤던 기억이 누구나 한 번쯤은 있을 게다. 때론 너무 예민해진 신경 때문에 다투기도 하고 그래서 어이없게 헤어지기도 하는.

하지만 그렇게 모든 것에 신경세포가 곤두서던 관계도 시간이 지나면 둔감해지기 마련이다. 그래서 오래 함께한 부부들은 관계가 예전 같지 않다며 예민하고 민감했던 옛 시절을 그리워한다. 변했다며 실망하기도 하고, 심지어 이젠 사랑하지 않는다고 아파하기도 한다. 그렇지만 관계에 있어 신경이 조금씩 무뎌지는 것이 나쁘기만 한 일일까?

결혼해서 살다보면 '내 신경이 온통 너'라는 사실 때문에 오히려 부딪치고 상처 주는 일들이 더 많이 생긴다. 혼자 살 때는 별 신경 쓰지 않고 했던 행동들이 함께 살면서 서로의 신경을 뾰족하게 찌르기 시작한다. 마치 한 쌍의 고슴도치가 가시를 세우고는 사랑한다고 덤볐다 서로를 찌르는 격이다. 하지만 그렇게 여러 차례 찌르고 찔리고 나면 차츰 익숙해진다. 이 부분은 피해야 하고 저 부분은 조심해야 한다고 신경을 쓰다가, 나중에는 아예 신경을 안 써도 저절로 잘 맞아 부딪치지 않게 된다.

예민함과 둔감함은 성격이 아니라 관계 속에서 계속 변화하는 것이란 걸 나 자신을 통해 알게 됐다. 나는 어려서 다소 둔감한 아이였다. 조립식 프라모델 같은 걸 만들 때 조심스럽게 다루지 않아 부러뜨리는 경우가 많아서 형에게 혼이 난 기억이 있다. 성장하면서 나는 꽤 예민한 사람으로 변해갔다. 무슨 일이든 조심스럽게 이것저것 생각하고 행동하는 습관이 들었다. 나의 이런 예민함은 결혼 후 아내를 힘들게 하는 이유가 되기도 했다. 대충대충 넘어가는 걸 도무지 허용할 수 없는 성격 탓이었다. 하지만 여유 있게 많은 걸 받아주는 아내 덕분에 나의 과도한 예민함은 다소 둔감해졌다. 그리고 지금은 그런 둔감함도 꽤 괜찮은 거라는 걸 알게 됐다.

"내 신경은 온통 너였어." 정환의 대사는 듣는 이를 심쿵하게 하고 한편으로는 짠하게 만든다. 나도 그런 시절이 있었다며 첫사랑의 기억을 떠올리게 한다. 하지만 신경이 온통 한 사람에게 쏠리는 그런 일들이 점점 사라지고 다소 놀라운 일에도 덤덤해지는 걸 너무 아쉽게 생각할 필요는 없을 게다. 그건 신경을 쓰지 않게 된 게 아니라 신경 써야 할 대상이 점점 많아졌기 때문일 테니 말이다. 둔감해진 게 아니라 익숙해진 것이고, '온통'은 아닐지라도 **여전히 내 신경은 너일 테니.**

"우리 만나는 게 그저 그래. 곤약 같아."

- 〈밥 잘 사주는 예쁜 누나〉

우리 만나는 게 곤약 같아

아버지가 끓여준 라면은 허여멀건했다. 아들이 혹여나 굶고 있을까 몇 시간이나 걸리는 버스를 갈아타고 오신 아버지였다. 시골집에 불이 나 부모님은 경찰서에서 조서 꾸미랴, 잿더미에서 그나마 쓸 만한 물건 챙기랴, 막막한 살림을 어떻게 다시 이어나갈지 고민하랴 서울에 유학 와 있는 우리 남매를 챙길 여유가 없었다. 늘 서울을 오가며 우릴 챙겨줬던 건 어머니였다. 하지만 아버지가 대신 올라온 걸 보니 어머니가 어떤 상태인지 가늠할 수 있었다.

아버지는 오시자마자 마치 아침에 집을 나갔다 저녁에 들어온 사람처럼 "밥은 먹었니?" 묻고는 석유곤로에 불을 붙이고 라면 냄비를 올려놓았다. 얼굴 본 지가 꽤 오래 됐던 나는 아버지와 있는 게 서먹했다. 허여멀건한 라면을 반 이상 먹도록 우리는 아무 이야기도 하지 않았다. 뭐 이 렇게 밍밍한 라면이 있나 싶었지만 무슨 말을 꺼내야 할지 몰랐다. 라면이 반쯤 비워졌을 때 아버지가 겸연쩍은 듯 웃으며 말씀하셨다. "허허, 내가 스프 넣는 걸 깜박했네."

　나이가 들면서 참 자극적인 음식을 많이도 먹었다. 두 툼한 빵에 육즙이 흐르는 고기 패티와 토마토와 케첩 소스 가 버무려진 햄버거. 말랑말랑한 밀가루 떡에 맵고 짭짤하 고 다디단 소스를 입힌 떡볶이. 꼬불꼬불한 면발에 MSG 가득한 국물과 어우러진 종류도 참 많은 라면들. 하지만 나이들면서 그런 자극적인 음식들보다 좀 더 담백한 맛을 찾게 되었다. 일품요리보다 밥과 반찬이 나오는 백반이 더 좋아졌다. 특별한 요리보다 된장찌개에 밥 그리고 소소한 밑반찬이면 충분히 만족스러웠다. 자꾸만 그 어린 날 아버 지가 끓여주셨던 스프 없는 허여멀건한 라면이 떠오른다. 어떤 자극도 없는, 아무 맛도 나지 않던 라면이었지만 이 상하게도 가장 긴 여운을 남긴 하얀 라면.

　〈밥 잘 사주는 예쁜 누나〉를 보면서 나는 엉뚱하게도 아버지의 라면을 자꾸 떠올렸다. 아마도 제목이 특이해서였을 게다. '밥 잘 사주는'이라는 일상적 표현이 그랬다. 커피 회사 슈퍼바이저로 일하는 윤진아^{손예진}가 그 예쁜 누나이고, 같은 건물 게임회사에서 일하는 서준희^{정해인}가 누나 친구인 그를 예쁘다 부르며 좋아하게 되는 남자다.

멜로 하면 신데렐라 이야기 같은 자극적인 걸 떠올리게 되는데 어찌된 일인지 이 드라마는 다소 소소하고 평범한 일상들을 담아놓았다. 남녀 주인공이 같이 만나 밥을 먹고 길거리를 걷고 이야기를 나누는 것이 대부분이다. 그래서 제목과 참 잘 어울렸다. 거창한 코스 요리나 일품요리가 아닌 밥 같은 드라마라고나 할까?

첫 회에서 윤진아는 삼 년간 사귄 남자와 헤어진다. 그런데 그 이유가 남자가 한 말에 들어 있다. "우리 만나는 게 그저 그래. 곤약 같아." 다른 여자가 생긴 것도 아니고 싫증이 난 것도 아니고 스타일이 맘에 들지 않아서도 아닌, 관계가 무색무취의 "곤약 같다"는 말은 윤진아가 남자와 헤어지는 결정적인 계기가 된다. 남녀관계란 처음엔 설레고 뜨겁지만 차츰 담담해지고 차분해지기 마련이다. 그래서 관계가 차츰 곤약 같은 맛을 낸다는 건 어쩌면 자연스러운 일일 수 있다. 하지만 이 남자는 그걸 탐탁찮게 여긴다.

그런 윤진아 앞에 나타난 서준희는 불쑥 "곤약 됐다며?" 하고 묻는다. 함께 밥을 먹고 윤진아를 데려다주는 길, 서준희는 아파트 사잇길로 들어선다. 이 길을 어떻게 알았냐고 묻는 윤진아에게 서준희는 말한다. "금기를 넘어서야 프로지." 대단한 자극을 가진 금기가 아니라 똑같은 일상이지만 살짝 다른 길을 가보는 것이 평범한 일상을 특별하게 한다는 걸 그는 알고 있었다. 대낮에 함께 와인 한 잔의 낮술을 하는 것만으로 곤약 같은 관계나 일상이 특별해질 수 있다는 것.

사실 곤약은 죄가 없다. 무색무취의 맛을 갖고 있지만 그 무덤덤함이 오히려 건강에 더 좋은 음식이다. 밥이 그렇다. 늘 그날의 화제가 되는 건 반찬이지만 사실 우리 삶에 알게 모르게 힘을 주는 건 밥이다. 우리의 인간관계를 들여다보면 그리 특별히 두드러지지 않는 밥 같은 존재들이 있다. 전면에 나와 있지 않지만 돌아보면 삶의 많은 부분이 그들에 의해 지탱되고 있다는 걸 알게 된다.

아버지는 스프 없는 라면 같은 존재였다. 우리 삶의 전면에 나서지 않고 늘 한 발 뒤에 물러서 계셨다. 많은 말씀을 하지 않으셨고 그저 믿고 바라봐주는 편이셨다. 그래서 때로는 내 인생 바깥에 있는 존재처럼 여기며 무시한 적도 있었다. 하지만 나이 들어 나도 아버지의 위치에 서게 되면서 알게 됐다. 그렇게 소리 없이, 별 자극도 없이 한 발 물러나 옆에서 바라봐주는 마음이 얼마나 대단한 일인지를. 그래서 가끔 막걸리 한 잔에 선을 슥 넘어와 따뜻한 속내를 드러낼 때의 저릿함은 더더욱 특별하다. 그때 서로 아무 말도 않고 꾸역꾸역 허여멀건한 라면을 먹었지만 그 안에 가득했던 말들처럼.

"너 자꾸 스테이지를 바꾼다 어쩐다 하면서 다니는데. 생각해봐, 네 뜻대로 바뀐 게 하나라도 있는지. 결국은 다 작가 뜻대로 됐어. 네가 뭐라도 되는 것처럼 얘기하지 마. 은단오에 대해서도, 이 세계에 대해서도."

"계속 작가 뜻대로 돌아가도 난 끝까지 단오를 위해서 움직일 거야."

"그러다 또 없어지고 싶나봐?"

"상관없어. 넌 우리가 작가가 그려서 시작됐다고 하지만 나는 은단오가 시작이야. 그러니까 끝이 단오여도 괜찮아. 너한텐 단오가 그냥 엑스트라일 수 있지만 은단오는 나한테 주인공이야."

- 〈어쩌다 발견한 하루〉

단오는 나한테 주인공이야

박성철 씨를 처음 만난 건 녹음 스튜디오에서였다. 대학생이지만 굉장한 가창력을 가졌다고 프로듀싱하는 분이 알려줬다. 그래도 반신반의했다. 수수한 청바지 차림에 후드티를 입고 나타난 박성철 씨는 어쩐지 그저 아르바이트를 하는 학생처럼 보였다. 하지만 녹음실에 들어가 첫 구절을 불렀을 때 나는 소름이 쫙 돋았다. 녹음실이었기 때문에 더 그럴 수도 있겠지만, 너무나 매력적인 보이스에 호소력 넘치는 가창력이 나의 선입견을 완전히 부숴놓았다.

노래는 음반으로 발표되자마자 차트 순위에 올랐다. 라디오에서도 자주 선곡되어 흘러나왔고, 방송사에서도 섭외 전화가 쇄도했다. 하지만 박성철 씨의 이름은 거기 어디에도 없었다. 그는 이른바 '얼굴 없는 가수'였다. 대신 그가 부른 '세상엔 없는 사랑'이라는 노래는 사이버 가수 아담의 노래로 세간에 알려졌다. 회사에서는 몇 년 후 아담의 진짜 얼굴인 박성철 씨를 공개하고 정식 데뷔 앨범도 내줄 거라고 이야기했다. 하지만 그 회사에서 일했던 나는 그게 사실상 불가능하단 걸 알고 있었다.

사이버 가수 아담 프로젝트에서 내가 맡은 건 아담의 캐릭터 스토리를 만들고 아담을 널리 알리는 일이었다. 홍보팀장이라는 이름이 붙었지만 실상은 직접 나서지 못하는 아담을 대리하는 일이 대부분이었다. 신문사나 방송국 기자들에게 전화를 하고 질문을 받으면 내가 대신 아담을 대리해 답변해줬다. 대부분은 회사가 만든 아담 프로젝트에 대한 정책에 따른 답변이었지만, 어떤 음식을 좋아하고 이상형은 뭐냐는 식의 시시콜콜한 사적인 질문에는 내가 임기응변으로 답을 해줬다. 그러다 보니 아담 캐릭터의 상당 부분은 나의 취향이 반영될 수밖에 없었다.

아담 프로젝트는 생각보다 꽤 괜찮은 성과를 냈다. 음반이 이십만 장 이상 팔렸고, 캐릭터 상품들도 만들어졌으며 심지어 음료 광고도 찍었다. 하지만 그런 성과에도 불구하고 회사는 점점 어려워졌다. 본래 재무상황이 안 좋았던 것인지 회사는 직원들 봉급을 주지 못하는 상황에까지 이르렀다. 나는 이해할 수가 없었다. 그렇게 외부에서 보기엔 잘나가는 회사가 안으로는 기울어져 가고 있다니.

결국 초창기부터 아담 프로젝트를 함께했던 나를 포함한 대부분의 팀장들이 사표를 쓰고 회사를 나갔다. 퇴직금은 언감생심이었다. 밀린 월급을 받을 수 있을지도 걱정되는 상황이었으니. 그 후에도 회사는 어찌어찌 굴러갔는데 결국 아담 프로젝트는 더 이상 진행되지 못했다. 당시의 3D 캐릭터 애니메이션의 기술적 한계가 근본적인 원인이었지만, 방만한 회사 운영도 한몫했다.

퇴직금을 받지 못해 당장 목구멍이 포도청이었다. 배운 게 글 쓰는 것밖에 없었던 나는 닥치는 대로 돈 되는 일이라면 어떤 글이든 썼다. 그중에 가장 돈이 되는 일은 '대필'이었다. 내 이름이 아니라 다른 사람의 이름으로 나가는 글을 써주는 일.

대필한 책이 베스트셀러에 올라가는 일도 있었다. 서점에 가서 베스트셀러 순위에 올라 있는 책을 보면 마음이 이상했다. 매절로 계약했기 때문에 베스트셀러가 돼도 내게 수익으로 돌아오는 건 없었다. 그건 차치하고라도 내가 쓴

글이 다른 사람의 이름으로 알려지고 있다는 사실은 기묘한 허탈감을 주었다. 그때 나는 실감했다. 사이버 가수 아담의 목소리를 대리했던 박성철 씨가 어떤 마음이었을지.

돈이면 주인공을 가로채고 바꿀 수 있는 세상이다. 그런 생각을 하게 된 후로 나는 대필작가 일을 그만두었다. 돈을 못 벌어도, 내 글을 읽는 사람이 아주 적어도 내 이름으로 글을 쓰겠다고 다짐했다. 그렇게 매일 글을 쓰다 보니 기회가 왔다. 대중문화 관련 칼럼 요청을 받고 하나둘 글을 쓰다가 문득 사이버 가수 아담이 떠올랐다. 노래 한 곡 부르지 않고도 가수로 활동하는 가요계를 비판하는 글에 사이버 가수 아담의 이야기를 꺼내 소개했다. 그 후 어느 인터넷 게시판 운영자가 내게 메일을 보냈는데 찾아 들어가 보니 놀랍게도 사이버 가수 아담의 팬클럽 게시판이었다. 아주 소수였지만 여전히 아담을 좋아하는 팬클럽이 남아 있었다. 그 팬클럽을 통해 박성철 씨의 소식을 들을 수 있었다. 2001년 방영됐던 이병헌, 최지우, 류시원, 이정현이 출연한 드라마 〈아름다운 날들〉에 제로라는 이름으로 OST를 부른 게 그에게 새로운 길을 열어주었다. 일본에서 이 드라마가 크게 히트하면서 박성철 씨는 아예 일본에서 제로라는 이름으로 활동하는 가수가 되어 있었다.

드디어 자신의 이름을 찾은 것이다.

세상에는 자기 이름을 내세우지 못하고 살아가는 이들이 적지 않다. 그들은 세상이라는 거대한 연극판에서 그저 스쳐지나가는 조연처럼 취급되곤 한다. 〈어쩌다 발견한 하루〉에서는 만화 속에 등장하는 주변인물들이 작가가 정한 설정 값을 바꾸려고 안간힘을 쓴다. 나는 이 부분에서 박성철 씨를 떠올렸고, 사이버 가수를 떠올렸고, 세상에 숨겨져 있을 무수한 사이버 인생들을 생각했다. 새삼 주인공인지 아닌지는 세상이 결정하는 것이 아니라는 생각이 들었다. 누군가의 기억 속에 우리 모두는 주인공이었다. 줄곧 박성철 씨가 녹음실에서 불렀던 그 노래를 내가 들었던 그 어떤 노래보다 강렬한 인상으로 기억하고 있듯이.

2019년 말 JTBC 〈슈가맨3〉에서 전화가 왔다. 사이버 가수 아담 특집을 한다는 거였다. 이 특집을 위해 박성철 씨가 일본에서 와서 무대에 선다며 나보고 출연해줄 수 있냐고 물었다. 나는 기꺼이 출연하겠다고 했다. 유재석과 유희열 사이에 박성철 씨가 나란히 앉아 있는 모습을 꼭 내 눈으로 보고 싶어서였다. 녹음실에서 듣던 그 노래만큼이나 카메라와 스포트라이트 아래서 부르는 박성철 씨의 노래는 앞으로 잊히지 않을 좋은 추억이 되었다.

"제가 왜요? 가족이면 무조건 풀어야 하는 거예요? 왜요? 가족이면 무조건 같이 살아야 하는 거예요? 같이 있기가 힘든데……. 엄마, 아버지 얼굴을 제가 볼 수 있다고 생각해요? 보면서 살 수 있다고 생각하세요?"

- 〈황금빛 내 인생〉

가족이면 무조건 풀어야 하는 거예요?

아이들이 초등학생일 때 온 가족이 곰배령에 간 적이 있다. 꽤 가파른 경사를 따라 곰배령 중턱까지 올랐을 때 둘째 아이가 힘들어서 더 이상 못 가겠다고 했다. 반면 첫째 아이는 여전히 쌩쌩해서 더 빨리 올라가자고 보챘다. 나는 순간 갈등했다. 계속 올라갈까? 이만 포기하고 내려갈까?

결국 나는 올라가기로 결정했고, 둘째 아이를 설득했다. 조금만 참고 올라가면 곰배령 정상에서 멋진 풍경을 볼 수 있다고. 힘든 만큼 성취감도 클 거라고. 무엇보다 이대로 내려가면 중간까지 올라온 게 아깝지 않느냐고 얘기했다. 하지만 아이는 더 이상 오르기 싫다는 뜻을 분명히

했다. 왠지 모르게 난 화가 났다. 같이 오르기로 해놓고 중간에 포기하는 것이 이해할 수 없었고, 무엇보다 가족이 다 함께하는 여행에서 자신의 입장만 고집하는 것 같았기 때문이다. 하지만 아이는 진짜 힘들어했고, 결국 아내가 나섰다. 자기는 둘째 아이와 내려가겠다고.

아내까지 가세하자 나는 마음이 바뀌었다. 그럴 거면 다 같이 내려가자고 했다. 그러자 이제 첫째 아이가 자기는 올라가고 싶다고 고집했다. 혼자서라도 가겠다는 것이었다. 아이 혼자 산을 오르게 할 수는 없다고 맞섰지만 막무가내였다. 진퇴양난. 마치 음식이 목구멍 언저리에 얹힌 느낌이었다. 아내가 절충안을 내놨다. 둘째 아이와 자기는 내려갈 테니 나는 첫째 아이와 올라가라는 거였다. 그리고 나중에 산 밑 숙소에서 보자고.

내려가는 아내와 둘째 아이를 보면서도 나는 화가 나 있었다. 함께하지 않는 그 행동이 맘에 들지 않아서였다. 하지만 첫째 아이와 산을 오르며 조금씩 화는 누그러졌다. 산을 오르며 내가 왜 그렇게 화가 났는지 곰곰이 생각해봤다. 그건 가족이 함께하지 않는 것에 대해 나도 모르는 강한 거부감을 느끼고 있는 데서 비롯된 일이었다. 나는 왜 가족이면 모든 걸 함께해야 한다고 강박적으로 믿고 있었을까?

〈황금빛 내 인생〉을 보면서 그때의 '곰배령 회군(?)'이 떠올랐다. 자신이 재벌가에서 잃어버린 딸인 줄 알고 들어갔다가 사실은 자기 동생이 그 집 딸이었고, 그런 거짓말을 한 게 자신의 부모였다는 걸 알고는 충격에 빠진 지안[신혜선]은 집을 나와 소식을 끊어버린다. 그러다 우연히 길거리에서 자신을 찾아다녔던 아빠를 만난다. 아빠는 지안에게 사죄하지만 딸은 도무지 집으로 돌아갈 생각이 없다. "집에 가기 싫어요. 혼자 지내고 싶어요. 지금이 좋아요." 지안은 자신이 이제 "혼자 지내도 될 나이"라고 말한다.

하지만 아빠는 그런 지안을 도무지 이해하지 못한다. "어 그래. 엄마 아버지 얼굴 보기 힘들겠지 그래. 얼마나 화나고 실망했겠냐, 네가. 그래도 풀어야지. 화내고 분풀이를 하더래도 얼굴 보고 풀어야지. 그러면서 엄마 아버지 속 얘기도 한번 들어주고. 가족인데……. 응? 너한테 속죄할 기회는 한번 줘야지."

그러자 지안은 꾹꾹 눌렀던 감정을 담아 속내를 쏟아낸다.

"제가 왜요? 가족이면 무조건 풀어야 하는 거예요? 왜요? 가족이면 무조건 같이 살아야 하는 거예요? 같이 있기가 힘든데. 엄마 아버지 얼굴을 제가 볼 수 있다고 생각해요? 보면서 살 수 있다고 생각하세요?"

뼈 때리는 말이 아닐 수 없었다. '가족'은 실제로 우리에게 그런 마법의 단어였지 않았나? 가족이라고 하면 뭐든 용서되는 것으로 알았고, 가족이기 때문에 뭐든 함께해야 하는 것으로 생각했다. 하지만 〈황금빛 내 인생〉은 가장 중요한 것은 가족이 아니라 '내 인생'이라고 말하고 있었다.

생각해보니 그때 '곰배령 회군'을 한 아내와 둘째 아이를 나중에 정상에서 내려와 만났을 때 우리는 꽤 즐거운 담소를 나눴던 것 같다. 첫째 아이는 정상이 어땠는지, 또 그곳에 오른 기분이 어땠는지 늘어놨고, 일찍 회군한 둘째 아이는 오를 때는 힘들어서 보지 못했던 숲 풍경을 보며 얼마나 즐거웠는지 얘기했다. 꼭 다 함께할 필요 없고, 각자 원하는 걸 하더라도 우리가 가족이란 사실은 달라지지 않는다. 서로가 원하는 걸 하게 해주고 그 경험들을 이야기하며 웃을 수 있다면 족한 게 가족이 아닐까 싶다.

언젠가 친한 친구와 설악산을 오르다 산에서 내려오는

아버지와 두 아들을 본 적이 있다. 아버지가 앞장서서 "하나, 둘"을 외치면 아들들이 따라서 "셋, 넷"을 외치며 마치 병정놀이 하듯이 내려가고 있었다. 숨이 턱까지 차올랐던 나는 척척 산꼭대기에 오른 아이들이 대견하다고 여겼다. 하지만 그때 친구가 했던 말이 인상적이었다.

"하여간 부모를 잘 만나야 돼. 얼마나 힘들겠어."

"정신이 좀 드니? 그렇게 다 깨부수고 나니까 속이 좀 후련해?"

"아저씨랑 상관없잖아요."

"착각하지 마라. 분풀이 좀 했다고 복수가 되는 거 아니다. 야구 빳다 같은 거 백날 휘둘러봐야 그 사람들 네 얼굴조차 기억하지 못할걸? 진짜 복수 같은 걸 하고 싶다면 그들보다 나은 인간이 되거라. 분노 말고 실력으로 되갚아줘. 알았니? 네가 바뀌지 않으면 아무것도 바뀌지 않는다."

- 〈낭만닥터 김사부〉

분노 말고 실력으로 되갚아줘

'저는 간이에요. 조는 저에게 별로 신경을 쓰지 않지만 제가 하는 일은 오백 가지가 넘는답니다. 조가 아무리 폭음을 했다고 해도 저는 며칠간만 쉬고 나면 다시 원상태가 되지요. 75%를 잘라낸다고 해도 4개월이면 원래 크기로 돌아오는 저는 간이랍니다.'

이렇게 장기를 화자로 내세운 《리더스 다이제스트》의 '인체의 여행' 코너를 발견(?)한 건 내가 한 의학잡지 편집장으로 들어간 지 한 달도 채 되지 않아서였다.

갓 결혼했고 다니던 회사가 번번이 망해 돈 되는 일이

라면 뭐든 해야 했던 시기였다. 소개를 받아 찾아간 잡지사에는 편집주간과 부장이 나를 맞아 주었다. 간단한 이력서와 면접으로 바로 편집장으로 일하자 제안한 편집주간은 이 회사의 실질적인 주인은 의사들로 알고 보면 나의 학교 선배들이라고 했다. 그 잡지사는 연세대 의대를 나와 개업한 의사들이 십시일반 출자해 만든 회사였다. 글 쓰는 일에 관심이 있는 의사들도 있었지만 병원 홍보에 잡지가 도움이 될 거라 믿고 참여한 의사가 태반이었다.

편집주간은 내게 새로운 코너 기획안을 내라고 했고 나는 《리더스 다이제스트》의 코너처럼 인체의 장기들을 하나씩 소재로 해서 그 기능과 건강법 등을 소개하면 어떻겠냐고 제안했다. 그 후로 나는 매달 장기 하나씩을 선택해 글을 쓰고 잡지에 게재했다. 말이 편집장이지 실은 거의 모든 걸 내가 다 해야 하는 잡지사였다. 기자 한 명 없는 잡지사였으니 말이다. 월간 편집계획안을 만들고 의사들이 참여한 회의에서 통과되면 취재, 정리, 기사 작성, 편집 심지어 디자인에 인쇄 배송까지 다 해야 하는 입장이었다. 일은 고됐지만 그래도 출판의 모든 분야를 경험할 수 있는 기회였다.

하지만 일보다 힘든 건 부당함이었다. 처음에는 친분

으로 다가오는 의사들이 요구하는 글을 대신 써주는 일을 별 대수롭지 않게 여겼지만, 차츰 노골적으로 대필을 요구하는 일이 불편하게 다가왔다. 영세한 잡지사의 사정이다 그렇지만 노골적으로 면을 파는 홍보식 기사도 많이 썼다. 한 달마다 무조건 책이 나와야 하기 때문에 마감이 다가오면 오지 않는 원고를 채우기 위해 '땜빵용 기사'를 쓰는 일은 다반사였다. 일은 거의 모두 내가 떠안고 있는데 그만한 보상은 주어지지 않고 그 일들이 점점 당연시되는 건 참기가 어려웠다. 나는 결국 육개월을 버티다 회사를 그만두었다.

사실 지금 생각해보면 그런 영세한 잡지사의 일이라는 게 그럴 수밖에 없었을 거라 고개가 끄덕여지는 면이 있다. 편집주간이라고 해서 형편이 나았던 건 아니니까. 그렇다고 의사들이 잡지사를 통해 엄청난 돈을 벌려 한 것도 아니었다. 그들은 출자를 했고 그러니 잡지로부터 얻을 수 있는 응당한 혜택을 요구한 것이었다. 하지만 나는 당시 상당히 분노했던 것 같다. 가진 자들이 시키는 정당하지 않은 일을 못 가진 자들이 생존을 위해 해야 하는 세상의 부당함을 느꼈던 것이다. 나는 내가 리더스 다이제스트의 '인체의 여행' 코너에 나왔던 간 같은 존재라는 생각이

들었다. 갖가지 일을 당하고 있지만 별다른 항변을 못하고 살아온 '침묵의 장기'.

그 경험은 큰 상처로 남았지만 나는 그렇다고 별다른 행동을 취하지는 않았다. 가끔 잡지사를 찾아 편집주간과 술을 마시기도 했다. 마음에 앙금은 있었지만 그렇다고 저들의 잘못이라고는 생각지 않았다. 그보다는 우리 사회의 시스템이 그런 거였다. 그 시스템 속에서 우리는 대부분 간 같은 존재로 침묵하며 살아간다. 시스템이 바뀌지 않는 한 변화는 일어나지 않는다.

SBS〈낭만닥터 김사부〉첫 회에서 돈 없고 빽 없어 수술 받지 못하고 사망한 아버지 때문에 어린 동주가 병원에서 난동을 부리다 다치자 김사부^{한석규}가 동주를 치료해주며 이런 말을 건넨다. "진짜 복수 같은 걸 하고 싶다면 그들보다 나은 인간이 되거라. 분노 말고 실력으로 되갚아줘. 알았니? 네가 바뀌지 않으면 아무것도 바뀌지 않는다." 한 사람 한 사람이 바뀌지 않으면 변화는 일어나지 않는다는 말이 크게 공감되었다.

우리네 사회가 그래도 괜찮을 수 있는 건, 간처럼 갖가지 부담을 떠안고 묵묵히 버텨낸 존재들이 있어서다. 하지만 그들은 사실 묵묵히 침묵하며 지낸 건 아니었다. 늘 아픔을 호소하고 이를 고쳐 달라 항변했지만, 그 목소리가 모여지고 울려 퍼질 마땅한 공간이 없었을 뿐이다. 한때는 마당에서, 한때는 광장으로 모였던 그 목소리들이 이제는 인터넷 같은 디지털 광장으로 모여들고 있다.

간처럼 침묵했던 목소리들이 모여 강물처럼 흘러 다니며 세상의 변화를 요구하고 있다. 결국 시스템을 바꾸는 건 한순간의 분노와 복수 같은 것이 아니라 한 사람 한 사람의 변화된 생각이고 그것이 만들어내는 커다란 공감대가 아닐까? 침묵하던 간들의 외침이 만들어가는 새로운 세상. 그것이 어쩌면 김사부가 말하는 진정한 복수인지도 모르겠다.

"사람한테 상처 안 받는 법 알려줘? 아무것도 주지도, 받지도 말고 아무것도 기대하지 마. 그럼 실망할 것도, 상처받을 것도 없어."

"그럼 무슨 재미로 살아? 집에 누구 놀러온 적 없지? 딱 보니까 친구도 없는 거 같고 가족은 있나? 이렇게 섬처럼 사는 거 안 외로워?"

"집 앞에 그쪽을 기다리는 기자들이 열 명은 넘고. 저 아래 사는 사람들 중 절반도 넘게 그쪽을 잘 알고 있을 거고. 매니저, 코디, 팬들…… 늘 주변에 사람들이 많은데 지금 여기 혼자 있잖아."

"왜 혼자야? 우리 함께 있잖아."

– 〈별에서 온 그대〉

왜 혼자야? 우리 함께 있잖아

결코 내가 원해서 '별이'를 데려온 건 아니었다. 아이들이 원했다. 아내 회사 동료의 반려견이 마침 새끼 몇 마리를 낳아서 입양을 원하는 이들에게 주겠다고 했다. 나는 반대했지만 강아지를 키우고 싶다는 아이들의 뜻이 완강했다. 결국 내가 졌고, 그래서 별이 엄마네인 '달이'네 집에 갔다. 거의 손바닥만 한 마르티즈가 꼬물꼬물 기어 다니는 모습에 아이들은 완전히 매료됐다. 그렇게 별이는 어느 날 갑자기 우리 집으로 뚝 떨어졌다.

　이름을 '별이'라 지은 건 엄마 이름이 '달이'이기 때문이기도 했지만, 그때 한창 화제이던 드라마가〈별에서 온 그대〉였기 때문이었다. 이름이란 것이 참 용해서, 처음에는 별이라 부르는 일이 우리도, 별이도 낯설었는데 금세 익숙해졌다. "별이야" 하고 부르면 별이는 쪼르르 달려와 혀로 손을 핥고 꼬리를 흔들었다.

하지만 귀여운 건 딱 거기까지였고 반려견과 함께 산다는 건 금세 현실이 되었다. 어느 날 별이가 기력 없이 축 처져 있었다. 깜짝 놀란 우리가 축 처진 별이를 안고 병원으로 뛰어갔더니, 수의사 선생님은 마치 아동 학대를 한 부모 혼내듯 나와 아내를 꾸짖었다. 정확한 사료량을 몰라 적당히 주었는데 사료량이 부족했던 모양이었다. 그리고 링겔까지 맞고 나오며 진료비를 보고 두 번 놀랐다. 사람이 가도 몇만 원이면 될 진료비가 무려 십여만 원이 넘게 나왔다. 알고 보니 의료보험이 되지 않는 게 함정이었다.

정신이 번쩍 들었다. 그 후로 별이를 병원에 데려가지 않으려 노력했다. 돈이 들어도 미리미리 갖가지 예방접종을 했다. 그때 알았다. 반려견과 함께 산다는 건 아이 하나 키우는 것과 그리 다르지 않다는 것을.

애초 별이를 데려올 때부터 예감했지만 역시 별이를 키우는 일은 내 몫이 되었다. 아이들은 학교 다니기 바빴고 첫째 애가 고3이 되자 별이는 더더욱 내 손길을 요구하게 되었다. 별이에게 각별했던 둘째 애는 유튜브도 보고 책도 읽어가며 반려견이 하는 행동들을 읽어내고 훈련도 곧잘 시켰다. 하지만 둘째 애도 학교 다니기 바쁘고 아내도 직장에 가고 나면 결국 나와 별이만 집에 덩그러니 남게 되었다. 별이는 내 책상 옆 발밑에 누워 잠을 자다가 깨어나면 내 발을 핥았다. 그러다 배가 고프면 짖어대며 먹을 걸 달라고 보채고 같이 놀아 달라 낑낑대기도 했다. 매일 산책을 시키는 사람도 나였다.

별이가 온 뒤로 집에서 간간히 하던 인터뷰도 더 이상할 수 없게 되었다. 방송국에서 카메라를 든 사람들이 오면 별이는 뭐가 그리 반가운지, 아니면 두려운 건지 이리 뛰고 저리 뛰며 짖기 바빴다. 결국 인터뷰를 하려면 입마개를 해야 했는데 그렇게까지 하는 건 어딘지 마음이 불편했다. 결국 인터뷰 요청이 오면 내가 직접 방송국으로 가거나 인근 카페를 잡아야 했다.

여행도 마음대로 가기 어려웠다. 별이만 혼자 두고 갈수 없어서였다. 가끔 가족이 해외여행을 가게 될 때면 죄송하게도 어머니에게 부탁했다. 다행히 어머니는 별이와 지내는 걸 즐거워하셨지만 그래도 어머니에게 별이를 맡기고 어행을 가는 게 마음에 걸리는 건 어쩔 수 없었다. 어머니도 모시고 가진 못할망정 반려견이나 맡아 달라 부탁하고 있으니……

관계를 맺는다는 건 그만큼 마음을 써야 하는 일이다. 인연이란 것이 대부분 그럴 것이라 생각한다. 때론 힘들고 불편하고 상처를 받기도 한다. 하지만 그렇다고 혼자 살아가는 게 과연 더 좋을까? 별이는 그 존재 자체로 내게 인연이 무엇인지를 알려주었다. 때론 혼자 있고도 싶지만 함께 있어서 좋은 시간이 더 많았다. 가만히 손으로 안았을 때 느껴지는 온기나 이름을 불렀을 때 세상 기뻐하며 달려드는 그 모습 하나만으로도 이 인연이 만들어낸 힘겨움이나 불편함이 사르르 녹아 없어진다.

마치 별처럼 무수히 많은 존재 중 하필이면 내 앞에 뚝 떨어진 그 존재가 주는 힘겨움과 소중함. 우리 모두는 누군가에게 그런 존재가 아닐까? 문득 김광섭 시인의 '저녁에'라는 시 한 구절이 떠오른다.

'저렇게 많은 중에서 별 하나가 나를 내려다본다. 이렇게 많은 사람 중에서 그 별 하나를 쳐다본다.'

"너 내가 갖고 있는 거 다 갖고 싶어 했잖아? 너, 나 질투했지? 넌 평생 질투나 하면서 살아. 니가 표나리한테 10을 해주면 난 100을 해줄 거고, 니가 평생 해도 힘들 것들 내가 표나리한테 해줄 거야. 난 평생 질투 모르고 살았거든? 넌 평생 질투나 하면서 살아. 그게 니가 할 수 있는 최선이야!"

"너 나 때문에 불안하지?"

"네가 질투하니까 그렇지, 인마!"

– 〈질투의 화신〉

질투하면, 부러우면 지는 거라고? 천만에!

하루 종일 드라마, 예능 프로그램, 영화 등을 챙겨보고 관련 글을 쓰는 게 내 직업이다. 하는 일이 그렇다 보니 하루에 TV를 보는 시간이 거의 다섯 시간이 넘는다. 또 영화는 개봉하는 날 무조건 조조로 본다. 요즘에는 넷플릭스니 유튜브니 하는 새로운 플랫폼들이 생겨 봐야 할 것이 더 많아졌다.

이런 이야기를 동창회에서 하면 다들 부러움을 넘어 질투의 시선으로 바라본다. 이제 은퇴시기를 앞둔 나이라 더욱 그렇다. 그럴 때마다 나는 너희들이 내가 하는 일을 잘 몰라서 하는 말이라고 말해준다. 그 많은 걸 다 보고 글을 쓰는 일은 가끔 여유 생길 때 보는 드라마나 영화와는 완전히 다르다. 게다가 처음 이 일을 시작했던 삼십대 때 나는 매일 아침 출근하는 친구들이 몹시도 부러웠다. 신도시에 살며 아침마다 서울로 출근하는 사람들을 보면서 나만 여기 홀로 있구나 싶어 씁쓸해한 적이 한두 번이 아니었으니까.

질투라는 것에 어떤 '막연한 비교와 상상'이 더해진다는 걸 나이들어서야 알았다. 젊어서는 뭐가 그리 부족했는지 '남의 것'은 다 좋아 보였고, 나는 왜 가지지 못했는가하는 질투심을 달고 살았다. 〈질투의 화신〉에서는 김건모의 '잘못된 만남'이 배경음악으로 깔리는 가운데 화신^{조정석}과 친구 정원^{고경표}이 개펄에서 표나리^{공효진}를 두고 격투(?)를 벌이는 장면이 나온다. 그 장면을 보면서 문득 대학시절 친했던 친구가 여자친구를 사귀게 되면서 가졌던 질투심이 떠올랐다.

지금 생각해보면 너무나 어처구니없는 일이다. 나는 왜 여자친구가 없는가를 생각하며 친구에게 질투심을 느꼈고, 여자친구가 생긴 후로 단짝 친구에게서 연락이 뜸해지자 그 여자친구에게도 질투심을 느꼈다. 그런데 질투심

그 자체보다 나를 더 힘들게 한 건 질투심을 느끼는 자신에 대한 초라함이었다. 그래서 혹여 셋이 함께 만나는 자리가 불편하기 그지없었다. 질투심을 드러내지 않으려고 애써야 했기 때문이다.

훗날 친구와 그 여자친구가 헤어지고, 셋이 만날 때와는 달리 둘이 있을 때는 늘 싸우고 갈등했다는 이야기를 뒤늦게 들었을 때 나는 생각했다. '내가 왜 그렇게 질투심을 느꼈지? 또, 그런 질투심을 왜 그리도 창피하고 초라하게 여겼을까?'

어려서 고향에 살 때는 질투심이라는 걸 거의 느껴본적이 없었다. 그런데 서울로 유학 오고 조금씩 질투심이 생겨났다. 당시 나는 초등학교 근처의 방 한 칸짜리 자취방에서 형과 누나 그리고 밥 해주는 이모와 같이 지냈는데, 어느 날 친구 용상이네 집에 놀러갔다가 깜짝 놀랐다. 광화문에 있던 용상이네 집은 마당을 갖춘 주택이었다. 용상이 어머니가 신촌에서 경양식집을 했는데, 한번은 용상이와 그 레스토랑을 찾아갔다가 처음으로 비프까스라는 걸 먹어보고 그 맛에 크게 놀랐다.

나는 용상이와 친하게 지내면서도 그를 질투했다. 방

한 칸짜리에서 방 두 칸짜리 서소문아파트로 이사하고 나서도 질투심은 사라지지 않았다. 나는 친구를 집으로 초대한 적이 별로 없었다. 십층짜리지만 엘리베이터도 없는 아파트 칠층을 계단으로 오르내려야 했기 때문이다. 대신 내가 용상이네 집에 자주 놀러 갔다.

그런데 초등학교 시절 나도 질투의 대상이 된 적이 있다. 내가 용상이와 친한 걸 다른 친구가 질투한 거였다. 운동장 스탠드 맨 위쪽에서 용상이와 놀고 있는데, 갑자기 누군가 내 오른쪽 어깨를 밀어버렸다. 순간 중심을 잃고 스탠드 밑으로 떨어지면서 빙그르르 몸이 돌아버렸고 왼쪽 광대뼈를 스탠드 모서리에 부딪친 후 운동장 바닥으로 떨어져 의식을 잃었다. 눈을 떠보니 양호실이었고 선생님은 걱정스럽게 나를 내려다보고 계셨다.

그날 선생님은 나를 집까지 데려다 주셨다. 그런데 아파트가 가까워질수록 내 마음은 조금씩 무거워졌다. 왠지 내가 이런 집에 산다는 걸 보이는 게 불편해졌다. 선생님과 함께 칠층을 걸어서 올라가는 그 시간이 너무나 길게 느껴졌다. 당시에는 부모님이 고향에서 생업을 하시느라 우리만 서울에 와 있던 터였다. 어정쩡하게 텅 빈 집에 들어가 혼자 선생님을 배웅했다. 그때 나는 또 경양식집을 하는 용상이에게 막연한 질투를 느꼈던 것 같다.

개펄을 뒹굴며 난타전을 벌이던 화신과 정원은 결국 나란히 누워 하늘을 보며 이야기를 나눈다. "내가 너 미워하는 게 쉬울 것 같아?" 그러면서 자신들이 여전히 친구라는 사실을 재확인한다. "우리 아직 친구 맞냐?" 정원이 묻자 화신은 "맞지, 이 새끼야!"하고 답한다. 용상이는 초등학교 이후 만난 적이 없어 그때의 내 질투심에 대해 이야기해줄 기회는 없었다. 하지만 지금 다시 만나게 된다면 선선히 웃으며 얘기할 수 있을 것 같다. "나 사실 그때 너 질투했어."

또 나를 스탠드 꼭대기에서 밀었던 친구를 다시 만나게 된다면 옛 추억담을 얘기하듯 편하게 그때 일을 얘기할 수 있을 것 같다. "너 그때 질투했었지?"

흔히들 '부러우면 지는 거다'라고 한다. 그래서 질투심을 드러내려 하지 않고, 질투심을 갖게 된 자신을 못내 참지 못하기도 한다. 하지만 우리는 늘 본인의 의지와 상관없이 질투하기도 하고 누군가에게 질투를 받기도 한다. 평생 질투만 하면서 사는 인생은 없다. 때론 질투할 만한데도 쿨하게 넘기는 자신을 만난 적도 있을 테니 말이다.

막연한 비교와 상상이 만들어내는 부러움이나 질투심은 이기고 지는 문제가 아니다. 그저 그때그때 생기는 감정일 뿐. 편하게 받아들이자.

내가 너 미워하는게 쉬울것 같아?

우리 아직 친구 맞냐?

맞지, 이 새끼야!

"은호야, 한 권의 책이 세상을 바꾼다는 말 난 믿지 않는단다. 그럼에도 난 은호 너에게 한 권의 책 같은 사람이 되라고 그 말을 남기고 싶구나. 책이 세상을 바꿀 수 없어도 한 사람의 마음에 다정한 자국 정도는 남길 수 있지 않겠니? 네가 힘들 때 책의 문장과 문장 사이에 숨었듯이. 내가 은호 너라는 책을 만나 생의 막바지에 가장 따뜻한 위로를 받았듯이. 그러니 은호야, 앞으로도 누군가에게 한 권의 책이 되는 인생을 살아라."

- 〈로맨스는 별책부록〉

한 권의 책 같은 사람

어렸을 때 우리 집 책장에는 '세계명작100선'이 꽂혀 있었다. 어머니의 동네 지인이 소개해서 사들인 그 전집을 나는 거의 읽지 않았다. 물론 처음에는 새 책이 주는 호기심에 《톰소여의 모험》이나 《해저이만리》 같은 책들을 꺼내 들기도 했지만, 대부분 삽화만 들여다보고 다시 꽂아두었다. 대신 아버지와 나는 '책 찾기 놀이'를 많이 했다. 백권의 책이 꽂혀 있는 책장 앞에서 내가 《톰소여의 모험》하고 문제를 내면 아버지가 그 책을 찾고, 아버지가 《해저이만리》하면 내가 그 책을 찾는 놀이였다. 이 단순한 놀이는 어쩐지 지금도 내게 책에 대한 가장 강렬한 기억으로 남아 있다.

특히 기억에 남는 책은《레미제라블》이다. 물론 그 책을 읽고 뮤지컬까지 봤던 건 한참 후의 일이지만 당시에는 이 책이 무슨 내용인지도 모르고 문제를 내고 찾곤 했다. 유독 이 책이 기억에 남았던 건 다른 책들, 이를 테면《걸리버 여행기》나《로빈슨 크루소》같은 책들은 쉽게 찾았는데 이상하게도《레미제라블》만은 찾기가 힘들었기 때문이다. 지금이야 그 프랑스어 뜻이 '불쌍한 사람들'이라는 걸 알지만, 그 의미를 전혀 몰랐던 당시에는 제목에서 떠오르는 이미지가 별로 없다 보니 특히 찾기가 어려웠다.

책을 '독서'보다는 '찾는 놀이'로 먼저 접했던 탓인지, 내게 책은 그 내용보다 외형과 감각 그리고 특유의 느낌으로 더 강하게 남았다. 제목을 발견했을 때의 희열과 손으로 꺼냈을 때 느껴지는 중량감, 비 오는 날이면 책에서 묻어나던 특유의 향기, 책장을 넘기다 종잇날에 베여 점점이 묻어나던 피, 급하게 책을 빼다 우르르 쏟아져 내리는 소리와 뽀얗게 올라오던 먼지들……. 책 하면 그런 것들이 먼저 떠오른다.

그 기억이 주는 강렬한 이끌림 같은 것이었을까? 글쓰기를 업으로 삼고 있어서이기도 했지만 나는 이사를 갈 때면 항상 두 가지 조건을 먼저 체크한다. 하나는 '산'이고 다른 하나는 '도서관'이다. 그 두 가지 조건이 충족되어야 비로소 그곳에서 집을 알아보았다. 자주 도서관에 가는 이유는 특정한 목적이 있어서라기보다는 그곳에 앉아 책을 손에 쥐고 읽고 있는 행위가 주는 즐거움이 크기 때문이다. 그렇게 책 한 권을 손에 쥐고 읽다보면 마치 어떤 한 사람과 마주하고 앉아 대화를 나누며 그를 알아가는 것만 같은 내밀함과 친밀함이 느껴진다.

이런 개인적 경험 때문이었을까? 책을 만드는 사람들의 이야기를 다뤘던 드라마 〈로맨스는 별책부록〉 마지막 회에서 강병준 작가[이호재]가 치매로 기억을 잃어가며 남긴 유서가 내레이션으로 흘러나올 때 '책 같은 사람'이라는 말이 참 특별하게 들렸다. "앞으로도 누군가에게 한 권의 책이 되는 인생을 살아라." 한 권의 책이 주는 따뜻하고 아날로그적이며 막연한 설렘과 기대감을 갖게 하는 그런 느낌들이 떠올랐다.

모든 게 디지털화 된 삶을 살다보니 사람을 만나는 일이 점점 귀해진다. 편지 하나를 써도 메일 창을 열어 뚝딱 써서 보내다보니, 이제는 편지지에 꾹꾹 눌러 써서 우체국에 가서 우표를 붙여 보내던 그 일련의 과정이 주는 설렘과 감흥은 사라져버렸다. 심지어 화상으로 얼굴을 보며 지구 반대편에 있는 이와도 통화가 가능하다 보니 '그리움'이라는 감정의 두께도 얇아져버렸다. 책도 이제는 모바일이나 인터넷으로 다운로드받아 언제든 쉽게 읽을 수 있지만, 그래서야 어디 책 읽는 맛이 날까?

'한 권의 책이 되는 인생'이란 누군가에게 '다정한 자국 정도'라도 남기는 삶이 되라는 것이지만, 거기에는 좀 더 실제로 만나 교감하는 그런 삶을 얘기하는 것이 아닐까? 스마트폰을 열면 어마어마한 양의 전화번호가 들어있지만 그중 가깝다 생각하는 번호는 몇 개가 되지 않는 세상이다. 누군가에게 그 몇 개 되지 않는 번호로 남는 그런 삶을 살아야 하지 않을까 생각해본다. 너무 쉽게 많은 사람들과 연결되는 세상에 살다보니, 진짜 가까운 사람들과의 만남과 교류가 더 소중하게 다가온다.

드라마 한편이 때론 우릴 숨쉬게 한다

오래도록 드라마를 보다 보니 드라마가 가진 힘이 만만찮다는 걸 느끼게 된다. 지친 하루를 보내고 반지하 방으로 돌아와 널브러진 삶 속에서 싸디싼 드라마 한 편에 주르륵 흘리는 눈물은 그 어떤 것과도 비교할 수 없는 힘을 발휘한다. 때론 혼자가 아니라고 말해주고, 때론 괜찮다고 토닥여주며, 때론 같이 화를 내주기도 하는 드라마 한 편이 주는 위로와 위안을 그 무엇과 비교할 수 있을 것인가.

드라마는 통속적이다. 에둘러 말하기보다는 직접적으로 이야기한다. 또한 우리네 일상에 맞닿아 있다. 그래서 이른바 드라마 속 명대사는 굉장한 미사여구들보다는 보다 적나라한 일상의 공감을 담고 있어 고개가 끄덕여지는 것들이 대부분이다. "맞아, 맞아" 하고 고개를 끄덕이며 공감을 표하는 그 순간에 우리는 드라마가 환기하는 자신들의 경험과 마주한다. 그래서 폭넓은 공감대를 가진 드라마의 대사들은 그 자체로 시대성을 띨 수밖에 없다. 그만큼 동시대를 살아가는 많은 이들이 경험했던 어떤 것들을 대사가 툭툭 건드려 끄집어내고 있는 것이니까.

이 책은 지극히 낮은 위치에서 우리의 삶과 함께 걸어주는 드라마들에 관한 이야기를 담고 있다. 드라마 속 명대사를 소재로 가져왔지만, 작품의 이야기라기보다는 그 말 한마디가 어째서 내 가슴을 그렇게 먹먹하게 만들었고 그것이 어떤 힘을 주었는가를 지극히 개인적인 경험치에서 찾아보려 노력했다. 조금은 쑥스러운 이야기들도 있고 내밀한 사적인 이야기들도 들어 있지만 되도록 있는 그대로 적어보려 했다. 독자들 역시 이 책 속에 담긴 드라마 속 대사 한마디 한마디에 저마다의 기억과 경험을 떠올리고 그것이 현재를 버티게 하는 힘이 되기를 바라며.

책을 쓰면서 난제처럼 여겼던 작가들과의 통화는 이 책을 쓰면서 얻게 된 가장 큰 행복이기도 했다. 비록 서너

줄에 불과한 평이지만, 드라마 작가들의 평을 받는 건 긴장되면서도 설레는 일이었다. 짧아서 더 쓰기 어렵다면서도 기꺼이 평을 써준 작가들에게 감사한 마음을 꼭 전하고 싶다. 또 평을 쓰진 않았지만, 이 책에 이토록 아름다운 명대사들을 적을 수 있게 해준 모든 드라마작가에게도.

무엇보다 이 책을 쓰면서 우리의 일과 삶 모두가 주변을 둘러싸고 있는 가족과 친구, 동료들에 빚지고 있다는 걸 알게 되었다. 그들이 있어 많은 것을 경험하고 이야기를 나눌 수 있었고, 그런 시간이 삶을 풍요롭게 해주고 있었다. 모쪼록 이 책이 독자들의 삶 속 깊이 들어와 늘 가까이 있어 의식하지 못했지만, 사실은 주인공들이었던 이들을 생각하게 했으면 한다. 그들이 했던 말들은 아마도 힘겨울 때마다 당신을 버티게 해준 명대사였을 테니.

당신을 버티게 해준,
인생의 명대사는 무엇인가요?

추천의 글

삶에 건네는 다정하고 따뜻한 그의 이야기가
당신에게도 전해지기를...
── 김은희 작가 「킹덤」「시그널」

명대사란, 멋진 말이 아니라,
다른 이의 '마음을 움직이는 말'이다.
정덕현 평론가는 늘 그 작품에서
'사람들의 마음을 움직인 실체'를 잡아낸다.
그래서 이 책을 보면 안다.
내 마음이 왜 움직였는지를.
── 김영현 작가 「아스달 연대기」「육룡이 나르샤」「뿌리 깊은 나무」

지친 날 동아줄이 되어 주는 글.
그의 글이 언제나 그렇다.
선의, 위로, 용기 같은 뱃심충전이 필요한 날이라면,
자부하건대 치킨보다 이 책이다.
── 임상춘 작가 「동백꽃 필 무렵」「쌈, 마이웨이」

모든 드라마는 통속적이다.
통속(通俗)이란 결국 세상과 통한다는 뜻이니까.
드라마를 평론하며 세상과 소통하던 그가
드라마와 그의 삶이 통(通)하는 책을 썼다.
그의 글답게 진솔하며 그답게 맑고 깊은 글,
재미있고 따뜻했다.
—— 소현경 작가 「황금빛 내 인생」 「내 딸 서영이」

드라마의 숨은 의도와 이면의 깊이를
누구보다 정확히 짚어내 주는 거장 평론가의 에세이를
만나게 된 건 개인적인 즐거움, 그 이상의 기대를 하게 한다.
날카롭지만 인간에 대한 온기를 지닌
그의 글을 마주하는 것만으로도
이미 독자들은 마음 따수운 위로를 받기 시작할 것이다.
—— 강은경 작가 「낭만닥터 김사부」

대한민국에서 가장 많이 드라마를 보는 사람.
가장 깊고 따뜻한 시선으로 드라마를 해석하는 사람.
수많은 드라마 중 그의 마음에 걸린 한 문장의 대사,
그리고 거기 얽힌 소소한 삶의 이야기들이 지친 마음을
다독이고 위로해준다
—— 박지은 작가 「사랑의 불시착」 「별에서 온 그대」 「푸른 바다의 전설」

콘텐츠에 정답이란 없다.
하지만 정덕현의 글에서 가끔 정답을 찾곤 한다.
내 글의 허점을 정확하게 알아차리고,
매정한 시선으로 가끔 가슴을 따끔하게 만들지만,
난 늘 납득되어 진다.
창작자의 시선으로 글의 이면을 보는 사람,
대중의 시선으로 명료하게 콘텐츠를 해석하는 사람,
단언컨대, 그는 내가 아는 대한민국에서 가장 콘텐츠를
사랑하는 평론가다.

—— 이우정 작가 「슬기로운 의사생활」「응답하라 1988」

작가의 의도를 뛰어넘어 독보적이고 개성적인
미디어 비평을 대중들에게 보여준 사람.
그래서 더욱 그가 구축한 세계가 궁금해지고 기대된다.
자신만의 판에서는 어떻게 세상을 바라볼지!

—— 김루리 작가 「하이에나」

드라마 속 대사 한마디가
가슴을 후벼팔 때가 있다

초판 1쇄 발행 2020년 8월 10일
초판 4쇄 발행 2022년 7월 22일

지은이 정덕현
펴낸이 김남전

편집장 유다형 | **기획·책임편집** 이경은
디자인 양란희 | **외주교정** 이하정 | **일러스트** 고유리
마케팅 정상원 한웅 정용민 김건우 | **경영관리** 임종열 김다운

펴낸곳 ㈜가나문화콘텐츠 | **출판 등록** 2002년 2월 15일 제10-2308호
주소 경기도 고양시 덕양구 호원길 3-2
전화 02-717-5494(편집부) 02-332-7755(관리부) | **팩스** 02-324-9944
홈페이지 ganapub.com | **포스트** post.naver.com/ganapub1
페이스북 facebook.com/ganapub1 | **인스타그램** instagram.com/ganapub1

ISBN 978-89-5736-133-7(03810)

※ 책값은 뒤표지에 표시되어 있습니다.
※ 이 책의 내용을 재사용하려면 반드시 저작권자와 ㈜가나문화콘텐츠의 동의를 얻어야 합니다.
※ 잘못된 책은 구입하신 서점에서 바꾸어 드립니다.
※ '가나출판사'는 ㈜가나문화콘텐츠의 출판 브랜드입니다.

※ 이 도서의 국립중앙도서관 출판시도서목록(CIP)은 서지정보유통지원시스템 홈페이지(http://seoji.nl.go.kr)와
국가자료공동목록시스템(http://www.nl.go.kr/kolisnet)에서 이용하실 수 있습니다.(CIP제어번호: CIP2020030445)

가나출판사는 당신의 소중한 투고 원고를 기다립니다. 책 출간에 대한 기획이나 원고가 있으신 분은
이메일 ganapub@naver.com으로 보내 주세요.